Es war einmal - kein Märchen

„Erzählungen eines Kriegskindes aus dem Ruhrgebiet"

Vorwort

Liebe Leserin, lieber Leser!

Ich habe dieses Buch geschrieben, weil es mir ein Bedürfnis war, mich noch einmal mit meiner Kindheit zu beschäftigen. Ohne bedrückende Emotionen konnte ich nämlich weder über die Erlebnisse reden, noch Filme darüber ansehen.

Einige Erinnerungen beruhen auf Erzählungen aus der Familie; aber die meisten stammen doch aus meinem eigenen Gedankengut – ab ungewöhnlich frühen Kinderjahren. Erst durch die Niederschrift haben sich meine Gefühle in solchen Situationen wesentlich entspannt.

Meine Sichtweite, verglichen mit der aus meinen Kinderjahren, hat sich merklich geändert. Sie ist heute deutlich konkreter und gereifter geworden – aber nicht unbedingt harmloser.

Die Älteren unter Ihnen haben bestimmt Ähnliches erlebt; aber jedes Schicksal verläuft doch ein wenig anders. Was immer mir die weiteren Jahre noch bringen werden, sei es Gutes oder auch Böses, ich versuche es jedenfalls anzupacken. Das ist halt das Leben, und gerade die Abwechslung gibt ihm doch erst die richtige Würze.

Außerdem finde ich es sehr schön, auch mal ein Buch geschrieben zu haben (Dank an meinen Sohn, der mich bei der Veröffentlichung unterstützt hat).

Der jüngeren Generation, die Gott sei Dank in Friedenszeiten aufwachsen durfte, empfehle ich mein Buch ganz besonders mit dem

Gedanken: Je mehr Menschen über die damaligen Geschehnisse wissen, desto besser kann man gemeinsam ähnlich schreckliche Ereignisse vermeiden.

Ich hoffe deshalb, dass ich Ihre Neugier wecken konnte, und wünsche Ihnen, trotz des düsteren Kapitels, viel Freude beim Lesen. Ich bedanke mich im Voraus für Ihr Interesse.

Ingrid Kappelan

Ingrid Kappelan geb. Schlegel

Geboren 1940
Bis 1962 hauptsächlich in Essen – Steele (Details im Buch)
1962 bis 1963 in Wipperfürth
1963 bis 1974 in Wuppertal – Vohwinkel
Seit 1974 in Windeck Leuscheid

Schule und Beruf:
1947 bis 1955 Volksschule (Haferfeldschule)
1955 bis 1960 Stadtsparkasse Essen
01.10.1960 bis 31.12.1960 Deutsche Bank Essen
1961 bis 1962 wieder Stadtsparkasse Essen
1962 bis 1963 Kreissparkasse Köln/Wipperfürth

Verheiratet seit 1962
1 Sohn, 1 Schwiegertochter, 2 Enkeltöchter

Inhaltsverzeichnis

Es war einmal - kein Märchen

„Erzählungen eines Kriegskindes aus dem Ruhrgebiet"

Im Krieg

Mein Start ins Leben

Im Wonnemonat Mai erblickte ich im Ruhrgebiet das Licht der Welt. Genauer gesagt, im Luther-Krankenhaus in Essen Steele. Für mich begann damit das Leben, und für die Menschheit nahm 1940 der Zweite Weltkrieg seinen vollen Lauf. Die Zukunft schien alles andere als wonnig zu werden. Niemand wusste, wie und wann der Krieg einmal enden würde - ich am allerwenigsten. Mir war das in dem Augenblick auch völlig egal; ebenso, dass meine Eltern noch nicht verheiratet waren. So wurde ich erst einmal auf den Namen meiner Mutter getauft. Da sie noch nicht volljährig war, mussten erst einige bürokratische Hindernisse überwunden werden. Vater hatte bereits seinen Einberufungsbescheid, wollte aber unbedingt als Ehemann in den Krieg ziehen, denn so gab es doch mehr Geld vom Staat. Schließlich hatte er ja auch eine gewisse Verantwortung für Mutter und Kind übernommen. Im September 1940 konnten sie sich dann endlich das Ja-Wort geben, und ich war nun nicht mehr unehelich, also kein Bastard mehr. Zur damaligen Zeit nannte man diese Kinder so, weil es halt als eine Schande galt. Diesbezüglich waren also klare Verhältnisse geschaffen. Dafür aber musste Papa uns auf ungewisse Zeit verlassen und ließ eine alleinerziehende Mutter zurück.

Anfangs lebte ich mit Mama bei ihren Eltern, für mich folglich Oma und Opa, die selbst noch vier eigene Kinder zu versorgen hatten. Die räumlichen, sowie finanziellen Verhältnisse waren dort sehr begrenzt, denn Opa konnte aus gesundheitlichen Gründen nicht mehr arbeiten. So wurde er bereits mit 38 Jahren Vollinvalide bei einer sehr geringen Rente. Oma aber hielt stets alle Fäden in der Hand. Mit viel Humor, immer ein passendes Lied oder Spruch auf den Lippen, meisterte sie jede Lebenslage. Ich jedenfalls bereitete ihr immer wieder Freude, weil ich angeblich ein besonders liebes Baby gewesen sei und prächtig heranwuchs. Dank meines Geburtsgewichtes von neun Pfund war das doch die beste Voraussetzung für gutes Gedeihen. Obwohl ich meinen Vater gar nicht kannte, die Mutter selten zu sehen bekam, war ich dennoch vollkommen zufrieden. Wie gesagt, Vater kämpfte für unser Vaterland, und Mutter verdiente als Verkäuferin Geld, um die gemeinsame Haushaltskasse ein wenig aufzubessern. Später musste sie auch bei Krupp in der Schmiede am Schmiedehammer stehen – eine körperlich schwere Arbeit für eine Frau. Da die Männer ja fast alle fern der Heimat waren, wurden auch die weiblichen Geschöpfe mit diesen harten Tätigkeiten beauftragt. Die Firma Krupp musste doch ständig für den Nachschub von Kanonen sorgen.

Von Platzmangel war damals nie die Rede, obwohl schon sieben Personen in drei kleinen Zimmern lebten. Selbst wenn der Vater oder auch andere mal zu Besuch kamen, für jede Person fand man immer noch eine Schlafstätte. Der Spruch: „Raum ist in der kleinsten Hütte", wurde hier voll und ganz praktiziert. Nicht nur bei uns, sondern ebenfalls auch in anderen Familien. Der Zusammenhalt war einfach viel größer als in der heutigen Zeit. Wahrscheinlich, weil sie alle gleich wenig hatten, bis auf einige Wohlhabende. Wir gehörten eindeutig der ärmeren Schicht an, denn es gab für mich nicht mal ein Kinderbett. Mein Platz war ein gebrauchter Kinderwagen, mit dem ich zum Schlafen unter den Küchentisch geschoben wurde. Zum Glück passte der Wagen haargenau darunter, und dunkel war es ebenfalls gleich. So konnte mich die stetige Geräuschkulisse in der Wohnküche auch nicht vom Schlaf abhalten. Wenn ich danach erwachte, satt und trocken war, hatte meine Oma sofort wieder das liebste Kind der Welt. Gesättigt wurde ich mit Fläschchen, gefüllt mit Grieß und Haferflocken, die zur Nacht dicker angemacht wurden, damit sie länger vorhielten. So früh wie möglich ist dann mit vom Tisch gegessen worden, also die normale Kost, nur einwenig gewürzloser. Die fertige Kindernahrung in den Gläschen kannte man noch gar nicht; ebenso wenig die Fertigwindeln. Man benutzte Windeln aus Mull wegen der Weichheit, und darüber wickelte man ein dickeres Tuch zum Aufnehmen der Flüssigkeit. Allerdings so saugfähig war das Ganze alles nicht, denn manchmal war man bis zum Hals nass. Weil neue Windeln sehr teuer waren, konnte man sich nur gebrauchte leisten. Deshalb sind sie meistens von einem zum anderen weiter gegeben worden. Nach dem Gebrauch wurden sie gleich von Hand ausgewaschen, damit man sie am nächsten Tag wieder benutzen konnte. Das Trocknen stellte kein Problem dar, denn der Ofen in der Stube brannte jeden Tag. Allein aus dem Grunde, weil man darauf kochen musste. Wegen der zusätzlichen Handwäsche sorgte man dafür, dass die Kinder so schnell wie möglich trocken wurden. Sobald man einigermaßen stabil sitzen konnte, musste man sein Geschäft direkt ins Töpfchen machen. So habe ich es geschafft, mit neun Monaten keine Windeln mehr tragen zu müssen - zumindest tagsüber. Richtige Spielsachen gab es auch nicht, sondern nur harmlose Küchenutensilien wie Holzlöffel oder dergleichen. Die halfen garantiert auch über das lästige Zähnekriegen hinweg. Ich hatte schon genug, wenn ich das Geschehen in der Wohnküche verfolgen konnte. Da gab es immer etwas zu beobachten. Der Opa war stets für den Herd zuständig und saß meistens auch davor, weil er oft gefroren hatte. Ab und zu fummelte er mit dem Stocheisen in der Glut herum, um sie zu lockern. Die Schlemmkohle, der Staub der eigentlichen Kohle, backte nämlich gerne zusammen. Ansonsten saß er in seinem Sessel und stopfte und rauchte sein Pfeifchen. Diesen Luxus gönnte Oma ihm, weil er so krank war, entgegen der gesundheitlichen Folgen. Er besaß auch keine Zähne mehr und kaute nur auf dem Zahnfleisch. Dem entsprechend konnte er auch nicht alles essen und bekam darum manchmal eine Extra-Portion.

Dann waren da noch mehrere Tanten und ein Onkel um mich herum. Fang ich mal mit der Erstgeborenen an, die Tante Änne. Sie hatte den älteren Bruder meines Vaters geheiratet und auch ein Kind bekommen. Onkel Kurt wurde, wie alle Männer, ebenfalls Soldat, und Tante Änne brachte ihr Kind, na wohin wohl, zu unseren Großeltern. Meine Cousine Christel, drei Monate jünger als ich, war nicht so pflegeleicht. Die Mehraufgabe blieb wieder an der Oma hängen, denn die Tante ging noch als Näherin Geld verdienen; Christel wuchs also mit mir zusammen in der Obhut der Großeltern auf. Nach Tante Änne folgte dann meine Mutter namens Maria. Danach kam der einzige Junge, unser Onkel Hans. Er war das heimliche Lieblingskind von Oma, weil er sich stets so still und zurückhaltend zeigte. Allerdings hatte sie das nie deutlich ausgesprochen, denn man musste ja alle Kinder gleich lieb haben.

Besonders hart traf es sie, als ihr Junge mit gerade mal 16 Jahren von zu Hause ausrücken musste. Nach einer Schnellausbildung wurde auch er in den Krieg geschickt, vielleicht auf nimmer Wiedersehen. Entgegen aller Bedenken gab sie aber die Hoffnung niemals auf. Immer wieder sagte sie: „Er ist doch noch ein Kind, und das hat einen guten Schutzengel." Ob sie damit recht behalten sollte, wird sich später noch rausstellen. Ich komme nun zum jüngsten Kind meiner Großeltern, der Tante Gisela. Sie meldete sich nach einer langen Pause an, folgerichtig ein Nachkömmling, denn sie war nur 4 Jahre älter als wir Enkelinnen. Deshalb wuchsen wir in der ersten Zeit wie drei Geschwister auf. Aber sie brachte alles durcheinander, ein echter Wirbelwind. Selbst Oma wurde nicht mehr Herr über diese kleine Person. Vom Schlafen hielt sie rein gar nichts, aus Neugierde, dass sie etwas verpassen könnte. Abends war sie nicht eher ins Bett zu bekommen, bis alle Großen sich schlafen gelegt hatten. Gelegentlich ist sie auch vorher schon mal aus Versehen oder vor Erschöpfung auf irgendeinem Schoß eingeschlafen. So etwas kannte Oma bisher noch nicht und hatte dann später auch klein beigegeben, einfach resigniert. Verwundert fragte sie sich und andere oft, von wem Gisela wohl diese Wesensart geerbt haben könnte. Es konnte leider nie geklärt werden; es war halt so. Oma hatte schon Befürchtungen, dass es in der Schule mit ihr nicht gut gehen würde. Aber genau das Gegenteil war der Fall. Sie war so intelligent, dass sie gleich ein oder zwei Klassen überspringen durfte. Ich glaube, jeder kann sich gut vorstellen, wie lebhaft es in unserer Großfamilie zugegangen war. Fröhlich munter lief alles seinen Gang.

Mittlerweile stand auch ich, mit knapp einem Jahr, fest auf meinen strammen Beinen und übte die ersten Gehversuche. Kaum konnte ich laufen, drehte ich mich rhythmisch im Kreise bei Musik und Gesang. Die Oma stimmte ein Lied an und sagte nur: "Inge tanz". Wie eine aufgezogene Puppe legte ich los, und alle hatten ihren Spaß daran. Manchmal so lange, bis mir schwindelig wurde; aber irgendeiner hat mich doch immer aufgefangen. So ist die Leidenschaft zum Tanzen schon früh in mir entfacht worden. Allmählich war mir der Platz im Kinderwagen zu klein geworden. Nun musste unbedingt ein Kinderbett her, gebraucht natürlich. Schließlich wurden wir fündig; aber wohin damit. Bei den Großeltern herrschte ja bereits Platzmangel. Also musste man auf Biegen und Brechen sich um eine Wohnung bemühen, zumal meine Mutter schwanger war. Ob ich ein Brüderchen oder ein Schwesterchen bekommen würde, konnte man damals noch nicht feststellen. So ließ man sich halt überraschen.

Am Steeler Berg, nicht weit von unserem bisherigen Domizil, fanden wir letztendlich eine eigene Bleibe. Noch vor uns bezog auch Tante Änne mit Familie in diesem kleinen Haus eine Wohnung. Sie lebten in Parterre und wir über ihnen in zwei kleinen Zimmern. Da gab es eine kleine Wohnküche und ein noch kleineres Schlafzimmer. Platz für einen Schrank, ein Bett, und gerade noch eine Stelle für mein Kinderbett. Allerdings konnte ich es nicht lange allein benutzen, denn im Oktober 1941 wurde mein Bruder Kurt geboren, ebenfalls gegenüber im Krankenhaus. Hier war er die Sensation mit einem noch nie da gewesenen Geburtsgewicht. Man sagte, dass er fast genau so breit wie groß gewesen sei. Mit ihm musste ich dann mein Bett teilen. Einer schlief am Kopf– und einer am Fußende. Vater brauchte ja kein Bett, da er selten zu Hause war. Die Betten und das Bettzeug nahmen wir von der Oma mit, und alle anderen Gegenstände wurden nach und nach zusammengetragen. Am Anfang saßen wir noch auf leeren Holzkisten, bis man etwas Besseres gefunden hatte. Man konnte wirklich alles gebrauchen, denn aus Nichts stellte man noch etwas Brauchbares her. Zum Beispiel wurde aus Zeitungspapier Toilettenpapier, indem man die Zeitung in gleich große Stücke geschnitten hatte. Dann bohrte man oben ein Loch hinein und fädelte sie an einem Bindfaden auf. Die Toilette, ein Plumps-Klo, befand sich übrigens im Hof. Dagegen gab es bei Oma bereits, allerdings eine Etage tiefer, eine Toilette mit Spülung, wenn man an einer Kette zog. Ein Badezimmer war sowieso der pure Luxus. Ich habe tatsächlich keine Familie gekannt, die ein solches besaßen. Es gab aber noch genug andere Dinge des täglichen Lebens, die einfach unerschwinglich waren. Wie oft saßen wir im Dunkel, wenn wieder einmal der „Gasstrumpf" kaputt war. Das war der Ersatz für elektrisches Licht, mit dem gingen auch abends die Straßenlaternen an. Oft hatten wir keinen Ersatz im Hause, man öffnete die Ofentüre, und schon gab die Glut eine kleine Lichtquelle ab. Selbst die Streichhölzer waren Mangelwaren und immer knapp. Es fehlte eben an allen Ecken und Kanten, und dennoch besuchte ich mit drei Jahren den Kindergarten bei „Tante Lene". Ich kann eigentlich nur vermuten, dass hier keine Beiträge bezahlt werden mussten.

Im Kindergarten

Der Kindergarten lag direkt gegenüber unserer Wohnung und war in wenigen Schritten zu erreichen. Vertraut war er uns von Anfang an, denn man sah die Kinder dort täglich ein- und ausgehen. Aber der absolute Anziehungspunkt war „Tante Lene", eine Ordensschwester. Selbst die schwarze Kutte mit der Haube auf dem Kopf konnte kein Kind daran hindern, sie gerne zu haben. Mit ihrem freundlichen Gesicht und die gütige Art mit Menschen umzugehen, zog sie alle in ihren Bann. Außerdem waren wir ihr dankbar, dass sie uns zeitweise warme Speisen und andere Nahrungsmittel zukommen ließ. Selbstverständlich stand ihr auch eine Helferin zur Seite, die allerdings nicht so geschätzt wurde. Dafür aber liebten alle Kinder eine Spardose in Gestalt eines Negers. Auf dem Schoß hielt er eine Kiste mit einem Schlitz, und jedes Mal, wenn man ein Geldstück hineinwarf, nickte er mit dem Kopf - bedankte sich also für die kleine Spende. Wie gerne hätte ich auch das Nicken einmal ausgelöst, aber leider fehlte mir immer das nötige Kleingeld. Tröstlich war jedoch, dass alle stets dabei zuschauen durften. Ungefähr ein Jahr später kam dann auch mein Bruder Kurt vormittags mit in den Kindergarten. Ihm ist es ziemlich schwer gefallen, sich für ein paar Stunden von der Mama zu lösen. Viel lieber wäre er mit ihr alleine zu Hause geblieben.

Evakuierung

Gerade hatte er sich einigermaßen eingelebt, ist Mutter mit uns evakuiert worden in einen kleinen Ort in der Nähe von Ulm. Nach geraumer Zeit zogen wir dann nach Holland, um den Fliegerangriffen auszuweichen. Bisher suchten wir bei Alarm immer Schutz im Keller des schräg gegenüberliegenden Krankenhauses. Mit der Zeit war es hier auch nicht mehr so sicher, und obendrein häuften sich die Angriffe. Wir meldeten uns zur Evakuierung an und wurden dann nach Süddeutschland geschickt. In ein Dorf, das etwa eine Stunde Fußmarsch von Ulm entfernt war. Danach fanden wir eine vorübergehende Bleibe bei einer holländischen Familie, die ein Zimmer für uns abtreten musste. Verständlicherweise wurden wir nicht mit offenen Armen aufgenommen, sondern eher als Eindringlinge betrachtet und dem entsprechend behandelt. Bei jeder Gelegenheit ließen sie uns spüren, dass wir nur ungebetene Gäste waren. Selbst deren Kinder durften nicht mit uns spielen, ohne dass wir überhaupt wussten, warum? Wie sollte man das auch verstehen können, wenn man gerade mal vier Jahre alt war. Zu allem Übel erkrankte meine Mutter noch an einer eitrigen Mittelohrentzündung und musste dringend daran operiert werden. Da sie hoch schwanger war, konnte der Eingriff nur mit einer leichten, örtlichen Betäubung durchgeführt werden. Außerdem durfte sie vor und nach der Operation keine schmerzlindernden Medikamente einnehmen, sodass sie die Schmerzen einfach aushalten musste. Während des Krankenhausaufenthaltes unserer Mutter verbrachten wir beiden Kinder die Zeit in einem Kinderheim in Holland, dessen Dauer ich nicht mehr genau sagen kann. Mein Bruder Kurt hatte große Schwierigkeiten mit der Trennung von der Mama, denn immer wieder suchte er sie und fragte weinend nach ihr. Manchmal konnte ich ihn sogar trösten, und spürte dabei zum ersten Mal, wie stolz und glücklich ich darüber war.

Jedenfalls sind wir bald nach Mutters Genesung wieder nach Hause zurückgekehrt, denn der Nachwuchs sollte schließlich in Deutschland geboren werden. Das geschah dann auch im August 1944 bei den stärksten Bombenangriffen auf Essen. Ein Jahr zuvor bekamen Tante Änne und Onkel Kurt auch noch Nachwuchs, und Cousine Christel erhielt ihren Bruder Reinhold. Das Geburtsgewicht von Bruder Winfried betrug ungefähr so um die sechs Pfund. Eigentlich normal, doch unsere Mutter war von den vorausgegangenen Geburten mehr Gewicht gewohnt. Sie wusste gar nicht so recht, wie sie das Baby anfassen sollte, um dem Kind nicht wehzutun. Das Gefühl, sie könnte beim Wickeln etwas zerbrechen, war anfangs stets vorhanden. Erfahrungsgemäß gab Oma ihr den Rat, dass man das doch anfüttern könnte, was dann natürlich auch eintraf. Winfried hatte nach und nach an Gewicht zugelegt. Wenn Vater ab und zu nach Hause kam, lernte er zum ersten Mal seine Kinder kennen und umgekehrt genau so. Bruder Kurt äußerte seinen Unwillen folgendermaßen: " Was will der fremde Mann hier? Der soll wieder gehen". Mit zunehmendem Alter wollte er doch immer gerne die Vaterrolle übernehmen; obwohl er andererseits ein richtiges Muttersöhnchen war. Nie ließ er die Mama lange aus den Augen. Eines Tages brachte Vater aus Frankreich eine riesige Puppe mit, die größer war als ich. Sie erinnerte mich sehr an eine

Schaufensterfigur, weil sie auch so damenhaft gekleidet war. Zum Spielen war sie daher für mich vollkommen ungeeignet. Auf alle Fälle hatte ich durch sie in der Nachbarschaft für große Aufregung gesorgt. Ich ließ nämlich verlauten, dass Vater eine neue Frau mitgebracht habe. Die Neugier war gar nicht mehr zu bremsen, und ich stellte auf stur, sobald mich jemand aushorchen wollte. Dann kam bei mir kein Wort mehr über die Lippen. Es dauerte aber auch nicht wirklich lange, bis sich das Gerücht endlich aufgeklärt hatte. Wo die Puppe schließlich geblieben ist, habe ich damals nicht mitbekommen. Vielleicht ist sie irgendwann mal veräußert worden.

Fliegerangriffe und Bunker

Nur die Nächte wurden immer unruhiger und brenzliger durch die Fliegerangriffe. Da der Schutzkeller im Krankenhaus nicht mehr sicher genug schien, sind wir dann bei einem Alarm in einen richtigen Bunker geflüchtet. Der lag allerdings weiter entfernt, sodass wir uns jedes Mal sputen mussten, wenn die Sirenen heulten. Ich war immer sofort zur Stelle im Gegensatz zu meinem Bruder Kurt. Der wollte nur ungern aus dem Bett und nicht mitten in der Nacht durch die Gegend rennen. Er liebte es sowieso eher bequemer und war deshalb wohl auch so träge. Manchmal war er nur halb angezogen, und öfters fehlten ihm sogar die Schuhe oder er hat sie unterwegs verloren. Mit seinen drei Jahren konnte er doch noch nicht so selbstständig sein wie ich. Deshalb kümmerte ich mich um ihn und half ihm, wo immer ich konnte. Unsere Mutter hatte nämlich genug mit dem Jüngsten zu tun. Fläschchen, Windeln und das Nötigste wurden bereits abends griffbereit gelegt, weil man nie wusste, wie lange der Angriff dauern würde. Draußen wurde es von Zeit zu Zeit taghell. Ein anderes Mal erschien der Himmel ein einziger Feuerball zu sein. Am Knall konnte man die Entfernung des Einschlages der Bomben abschätzen. Es soll Leute gegeben haben, die das Ohr ans Ofenrohr legten und dabei hören konnten, ob ein Angriff stattfinden würde oder nicht. Den Gedanken, dass unser Haus vom Treffer verschont bleiben möge, nahmen wir jedes Mal mit in den Bunker. An uns selbst dachten wir dabei gar nicht vor lauter Hetze. Wir waren gut mit uns beschäftigt und fast schon ein eingespieltes Team. Mutter trug den Jüngsten auf dem Arm, und ich nahm Bruder Kurt an die Hand. Der spurte nur nicht immer so, wie Mutter es gerne gehabt hätte. Wenn er nicht mehr laufen konnte oder wollte, schob Mutter ihn vor sich her, ständig in den Hintern tretend. Ansonsten wären wir überhaupt nicht an unser Ziel angekommen.

Der Bunker, schätzungsweise ein zwei Meter breiter Stollen mit runder Decke. Rechts und links der Wände saßen dicht an dicht die Menschen mit angezogenen Beinen, damit in der Mitte ein schmaler Weg frei blieb für Zu- und Austretende. Hier spielte sich auf engstem Raum das alltägliche Leben ab; das reichte von Krankheiten über Todesfälle bis hin zu Geburten. Sobald sich die Lage beruhigt hatte, machte man sich wie immer auf den Heimweg in der Hoffnung, dass diesmal auch wieder alles gut gegangen war. Allmählich nahm die Häufigkeit der Angriffe dramatisch zu und somit auch die nächtlichen Störungen. Es gab Zeiten, da mussten wir fast jede Nacht mehrmals um unser Leben laufen. Dann hörte man lediglich auf das knappe Kommando: Flach hinlegen – weiterlaufen. Schließlich wurde uns das auf Dauer unerträglich, und Oma empfahl uns und Tante Änne mit ihren zwei Kindern, eine sofortige Evakuierung. Die Großeltern wollten zu Hause die Stellung halten und waren auch selbst nie im Luftschutzbunker. Oma baute stets auf Gottvertrauen als fromme Katholikin. Sie war der Meinung, wenn ihnen etwas Schreckliches zustoßen sollte, dann ist es Gottes Wille, und dann ist es eben recht so. Der Krieg prägte das ganze Leben. Zuerst war in den Köpfen noch ein Mythos von Sieg. Aber schon 1942/1943 löste er keine Bewunderung mehr aus, denn zu oft gab es Sirenenalarm in der Nacht. Erstmals hagelte es viele Verluste durch Niederlagen, und die Wehrmacht war auf dem Rückzug. Bei den Deportationen rollten elf Millionen Juden Zug um Zug in den Tod. Der totale Krieg zwang auch Kinder in den Dienst. Tausende Hitler Jungen hatten sich sogar freiwillig gemeldet. Fünfzehnjährige wurden jetzt noch eingezogen und als Kanonenfutter verheizt. Sie wurden noch kurz vor Ende des Krieges von der Schulbank direkt ins Gefecht geschickt. Im Frühjahr 1945 hatten viele deutsche Offiziere der Wehrmacht längst das Weite gesucht; die Kinder in Uniform aber kämpften weiter auf verlorenen Posten. Die Kindersoldaten, die überlebten, wurden in Gefangenschaft gebracht und wie alle anderen Soldaten behandelt. Millionen Menschen waren auf der Flucht von Ostpreußen in den Westen. Im Januar 1945 verließen sie ihre Heimat über die zugefrorene Ostsee unter erschwerten

Bedingungen. Die Flüchtlinge und Heimatvertriebenen, die ins Land kamen bzw. ins Ruhrgebiet, gingen später entweder in den Pütt oder wurden Bauern. Eine halbe Million Zivilisten waren umgekommen – davon allein hunderttausend Kinder. Immer mehr verloren ihren Vater, aber zum Trauern blieb keine Zeit. Ohnmacht breitete sich aus und war überall zu spüren. Andere Familien meldeten ihre Kinder zur Landverschickung an, um wenigstens ihnen Sicherheit zu geben. Nach tagelangen Zugfahrten, vornehmlich nach Schlesien bzw. Ostpreußen, wurden sie dann in großen Lagern untergebracht und verpflegt. Das Leben der Kinder war aus der Gefahrenzone gerettet, aber einige sind auch vor lauter Heimweh nach zu Hause fast gestorben.

Neue Bleibe

Aber wir machten uns zusammen auf in eine neue, zumindest ruhigere Gegend und landeten mit sieben Personen in Schorstedt, in der Nähe von Stendal. Tante Änne bezog ein Zimmer am Ortseingang, und wir bekamen einen Raum am anderen Ende, nicht weit auseinander, weil es ein kleines Dorf war. Unser vorübergehendes Quartier gehörte zu einem Bauernhof. Eigentlich gut könnte man meinen, denn dort gibt es doch sicher reichlich zu essen. Zwar war genug da, aber die Leute zeigten sich schlicht und einfach zu geizig. So sind wir meistens von einem dicken Maisbrei satt geworden. Aber Mutter wusste auch ganz genau, wo die Speisekammer war, und die Hühner ihre Eier gelegt hatten. Sobald die Eheleute aus dem Haus waren, die Luft also rein, ging Mutter auf Entdeckungstour und fand dabei einige leckere Sachen. Sie musste natürlich auf der Hut sein, um nicht erwischt zu werden. Gar nicht auszumalen, was sonst passiert wäre. Oma hätte in dieser Situation wieder einen Spruch parat gehabt. Nämlich: "Gelegenheit macht Diebe". Mutter konnte es auch wesentlich einfacher haben, denn der Bauer hatte Gefallen an ihr gefunden. Seine Frau hatte das schnell durchschaut und war ständig hinter ihm her. Es bot sich also für ihn keine Gelegenheit. Abgesehen davon hätte Mutter sich wohl kaum darauf eingelassen. Dafür bevorzugte sie lieber immer wieder das andere Risiko. Ich bekam einmal furchtbare Angst vor ein paar schreienden Gänsen. Die waren vom Hof auf die Straße gelaufen, in der wir Kinder spielten. Plötzlich setzte sich das Federvieh mit riesigem Spektakel in Bewegung, und alle fauchten hinter mir her. Je schneller ich fortlief, umso heftiger wurde ihre Reaktion. Ich weiß nicht mehr, wie ich aus der Situation herausgekommen bin, aber seither fürchte ich mich vor Gänsen. Hauptsächlich beschäftigte ich mich hier mit Bruder Winfried, denn Spielsachen gab es ja keine. Wenn man so will, hatte ich doch eine lebendige Puppe zum Spielen. Er hat von mir das Laufen, Sprechen und vieles mehr gelernt. Das erste Wort von ihm war daher auch nicht Mama, sondern "Inne", für Inge. Ansonsten hatten wir viel zu tun mit leeren Zuckerrübensäcken, die man aufribbeln und als Wolle verwenden konnte. Dazu spannte man die Fäden um eine Stuhllehne, um sie anschließend zu einem Knäuel aufzuwickeln. Hieraus wurden dann Anziehsachen gestrickt, die grauslich auf der Haut juckten, und wir uns andauernd kratzen mussten. Doch es gab auch schöne Gelegenheiten zu erleben. Nämlich dann, wenn die Amerikaner mit ihren Panzern durch das Dorf fuhren. Zur Freude für uns Kinder warfen die Soldaten Mars Schokoladenriegel auf uns hernieder. Das war jedes Mal das höchste Glück für uns, weil wir so eine süße Leckerei doch bisher nicht kannten. Von einem Tag auf den anderen wurden die Amerikaner von den Russen abgelöst. Von nun an gab es leider keine Süßigkeiten mehr, was wir sehr bedauerten.

Zeitgleich mit der Kapitulation entfernte sich Vater von der Truppe und hatte sich von der Tschechoslowakei aus, allein und nur zu Fuß, bis zu uns nach Schorstedt durchgeschlagen. Er durfte sich bei den Tschechen auf keinen Fall zu erkennen geben, denn sonst hätte man ihn sofort am höchsten Ast aufgehängt. Unterwegs in Ostdeutschland gewährten ihm meistens wohlgesinnte Bauern Unterschlupf und Nahrung, um so wieder neue Kräfte zu sammeln. Der beschwerliche Marsch dauerte etwa sechs Wochen lang, bis er endlich sein Ziel erreichte. Eines Tages kam Tante Änne völlig aufgelöst die Dorfstraße entlang und teilte ihrer Schwester mit, dass sie meinen Vater gesehen hatte. Was sollte Mutter davon halten? Sie nahm diese Aussage gar nicht ernst, denn sie hatte mittlerweile schriftlich, dass ihr Mann als Held für das Vaterland gefallen sei. Zudem konnte man der Tante nie so recht glauben, da sie schon immer ein wenig überzogen hatte. Mutter traute ihren Worten erst, als Vater dann wirklich vor ihr stand. Das Wechselbad der Gefühle erreichte wohl in dem Moment zweifellos und leibhaftig seinen Höhepunkt. Endlich konnte er auch seine Familie wiedersehen bzw. komplett kennenlernen. Leider durfte er nicht bei uns wohnen, sondern musste sich weiterhin in einem Wald am Ortsrand versteckt halten. Mutter versorgte ihn regelmäßig mit Essen und dem Nötigsten. Vater wusste genau, dass es für ihn das Aus gewesen wäre, wenn die Russen ihn aufgespürt hätten. Die gingen bereits bei uns ein und aus und fahndeten nach ihm. Gelegentlich warben auch russische Landser um Mutter in gebrochenem Deutsch: „Du schöne Frau, komm Russland, Mann tot". Es begann für uns alle eine unheimliche Zeit, denn es durfte davon nichts an die Öffentlichkeit dringen. Das ständige Versteckspiel war eine echte Herausforderung und wurde allmählich zu einer starken Belastung. Nach einer geraumen Zeit hatte Vater einen Plan ausgearbeitet, wie wir alle zusammen am besten nach Hause kommen würden. Außerdem hatte Oma uns in einem Brief aufgefordert, sobald wie möglich nach Hause zu kommen, weil sie unsere Wohnung bei der angespannten Wohnungslage nicht länger freihalten konnte.

Flucht nach Hause

Unter Vaters Kommando ging es also bald los und nur mit den Sachen, die man am Leibe trug. Für die Jüngsten besaß jede Familie noch einen Kinderwagen. Zuvor organisierte er einen großen Heuwagen, gezogen von zwei Pferden, die uns zunächst aus dem Ort herausbringen sollten. Dann wollten wir eigentlich umsteigen in ein anderes Gefährt; aber es war weit und breit nichts in Sicht. So brachte uns das Pferdefuhrwerk noch ein gutes Stück weiter in Richtung Heimat. Unterwegs sahen wir rechts und links am Straßenrand etliche Leichen liegen, ohne dass wir als Kinder überhaupt wirklich verstanden, wieso und warum? Auf alle Fälle hatten wir ein Ziel vor Augen und vertrauten voll und ganz dem einzigen Mann. Vater ordnete an, dass wir nur laufen werden, wenn die Luft absolut rein sei. Das geschah dann hauptsächlich während der Nacht. Ansonsten versteckten wir uns im Wald. Wir mussten nämlich über ein Grenzgebiet, das die Russen eingenommen hatten. So verbrachten wir also die meiste Zeit im Wald und waren gezwungen, uns immer ruhig zu verhalten. Sobald mal einer von den Kleinen schrie, wurde ihnen gleich das Kissen aus dem Kinderwagen vor den Mund gehalten, um das Geschrei ein wenig zu dämpfen. Zu allem Übel hatte Bruder Winfried noch einen starken Stickhusten, der ihn Tag und Nacht quälte. So auch dieses Mal wieder. Mutter versuchte ihn zu beruhigen und sagte in ihrer Verzweiflung: "Wenn doch der Herrgott ihn endlich von seinen Qualen erlösen möge". Sie ahnte ja nicht, dass ich wach lag und plötzlich Angst um meinen geliebten Bruder bekam. Während ich noch mit dem Gedanken spielte, mich irgendwie bemerkbar zu machen, rettete mein Vater mich aus dieser Notlage. An Mutter gerichtet sagte er kurz und bündig: „Versündige dich nicht". Mit dem zwiespältigen Gefühl konnte ich danach bestimmt nicht mehr gut schlafen. Übrigens, das einzige Kissen musste für alle herhalten, denn es machte stets die Runde. Mal diente es als Unterlage auf dem Waldboden, und wenn es kalt wurde, auch mal als Zudecke, stets im Wechsel von einem Kind zum anderen. Immer wieder hörte man nachts schreiende Frauen, Schüsse fallen und Züge rauschen. Es war eine schreckhafte Geräuschkulisse, die mir später noch schwer zu schaffen machte.

Als wir eines Tages wieder weiterzogen, verlor Tante Änne an ihrem Kinderwagen ein Rad, sodass es nur noch auf drei Rädern weiterging. Sie verlor auch als Erste die Geduld und war nicht mehr gewillt, Vaters Anweisungen zu folgen. Sie wollte unbedingt im Alleingang auf die Grenze losgehen und einen auf die Mitleidstour machen. Vater musste sie wiederholt darauf hinweisen, wie groß das Risiko sei, und die Russen vor Nichts zurück schrecken würden. Letztendlich konnte er sie dann doch davon abhalten und so vor dem Schlimmsten bewahren. Vater ging eher besonnener und vorsichtiger an die Sache heran. Er spionierte vorher alles aus und wartete nur auf den passenden Augenblick. Eines Abends schien es endlich soweit zu sein. Wir waren nicht mehr allzu fern von der Grenze und konnten die Russen bereits reden hören. Von Stunde zu Stunde wurden sie immer lauter, weil sie ein Saufgelage veranstalteten. Jetzt galt es, den richtigen Zeitpunkt abzupassen. Tante Änne war kaum mehr zu halten und konnte nur noch mit scharfen Worten zur Vernunft gebracht werden. Wir fünf Kinder bereiteten nicht so viele Schwierigkeiten wie sie. Vater war der Meinung, dass wir so lange warten müssten, bis man nichts mehr hörte von denen, denn dann seien sie wirklich betrunken. Bevor wir es schließlich gewagt hatten, beurteilte Vater erst mal allein die Lage, und bald folgten wir seinem Kommando. Nun war nur noch das Niemandsland zu überwinden, und wir hatten unsere Freiheit wieder. So nahm unser ganz persönlicher, privater Krieg ein glückliches Ende.

Ankunft in der Heimat

Vom Bahnhof Braunschweig aus wurde für die Bevölkerung ein Güterzug eingesetzt, und wir bestiegen einen leeren Kohlewagen in Richtung Dortmund. Hier angekommen, hieß es dann umsteigen in einen Personenzug. Der Bahnsteig wimmelte voller Menschenmassen, alle wollten in den Zug nach Essen. Plötzlich verkündigte man: "Frauen und Kinder haben den Vortritt". Es herrschte ein furchtbares Gedränge und ein erdrückendes Geschubse. Mutter war mit dem Kleinen auf dem Arm schon im Zug, und ich stand mit Bruder Kurt noch auf dem Bahnsteig. Für einen Moment dachte ich, dass wir uns nie mehr sehen würden bei dem Gewimmel. Doch da wurden von innen schon die Fenster aufgerissen und die Kinder wahllos durchgereicht. Fremde Menschen hoben uns hoch, und fremde Menschen nahmen uns entgegen. Von den Eltern, die wir bei dem totalen Chaos aus den Augen verloren hatten, fehlte jegliches Zeichen. Der Zug war so überfüllt, dass es kein vor und kein zurück mehr gab. Irgendwie haben wir aber doch noch zusammengefunden, und alles war wieder gut. Dann überfiel uns Kindern eine Müdigkeit, sodass wir selbst im Stehen hätten schlafen können. Man legte uns dazu einfach in das Gepäcknetz, denn das war noch der einzige freie Platz. Schlafend fuhren wir also nun der Heimat entgegen - dem Ruhrgebiet. Man kann sich bestimmt bildlich vorstellen, wie wir am Ende der Fahrt ausgesehen hatten. Oma war bereits in großer Erwartung und ließ uns freudestrahlend wissen, dass wir in unsere unbeschadete Wohnung wieder einziehen könnten. Die Freude darüber wollte nicht so recht aufkommen nach all den Strapazen. Für mich war es sowieso das größte Glück, das ich nach so einer langen Zeit endlich Oma gesund und munter wiedersehen durfte. Außerdem konnten wir uns jetzt endlich als komplette Familie fühlen in den eigenen vier Wänden.

Nach dem Krieg

Ende der Lügen

In meinem Geburtsmonat, allerdings fünf Jahre später, im Mai 1945, endete der Krieg. Aus Helmen wurden im Handumdrehen Siebe, die Soldaten aber benötigten eine längere Zeit, um wieder alltagstauglich zu werden. Am Ende waren alle enttäuscht, weil die Lügenwelt zusammengebrochen war. Nur Verzweiflung und die schrecklichen Erinnerungen sind bis heute geblieben. Der Schrecken des Krieges bleibt für immer. Es gibt halt keinen guten Krieg und auch keinen schlechten Frieden. Im Krieg ist die Wahrheit das erste Opfer, denn es gibt nur Verlierer. Das darf nie wieder passieren! Die Katastrophe nach der Katastrophe begann. Trümmer prägten das Stadtbild, die Wohngebiete lagen in Schutt und Asche. Es sah nach jahrelangen, geisterhaften Städten aus, dessen Aufbau zwanzig Jahre dauern sollte. Die Trümmerjahre hatten ihren Beginn, und wir fingen wieder an durchzuatmen und durchzustarten unter der Kontrolle von Amerikanern und Briten. Beide Gruppen zeigten Interesse für bevorzugte Ziele. Als Erstes wurden die Zechen angekurbelt und die Bergleute auf dem Pütt verpflegt, die das Essen meistens an ihre Familien weitergaben. Andere Sonderzuteilungen waren für den Schwarzhandel bestimmt und ein willkommenes Zubrot. Die Bergleute bekamen Care Pakete und sonstige Vergünstigungen, die schön für den Schwarzmarkt waren. Für die Bevölkerung war Hamstern die einzige Möglichkeit, die Hungerzeiten zu überleben. Dafür wurde extra eine Fünf Tagewoche eingeführt und die Razzien und Festnahmen der Polizei stiegen rasant an. Die Leute, die man erwischt hatte, wurden wie Schwerverbrecher behandelt. Übrigens, es gab keine dicke Menschen, alle waren mager oder litten sogar an Unterernährung. Wir hatten alle Hunger, während die Kohleproduktion immer mehr anstieg. Selbst die Bergleute bekamen keine Kohlen mehr, weil die Alliierten sie sofort nach Hause exportierten. Wegen der Knappheit von Brennmaterial begann so der Kohlenklau. Da der Kardinal Frings von Köln den Diebstahl von der Kanzel offiziell erlaubte, nannte man die Aktion nur noch „Fringsen." Hohe Köpfe wurden von den Besatzungsmächten festgenommen und später wieder eingestellt, weil sie das nötige „Now How" hatten. Das waren dann die Leute mit dem sogenannten „Persilschein", die sich auf diese Art und Weise reingewaschen hatten.

Der Wiederaufbau

Allmählich sortierte sich das Leben. Jeder packte mit an, jeder räumte mit auf. Für uns Kinder war das unmenschliche Leben zu einer Selbstverständlichkeit geworden. Ohne zu klagen, packten wir tatkräftig mit an. Alles mussten wir schweigend wegstecken und nur einfach funktionieren. Scheinbar klappte das nur so gut, weil es allen ähnlich erging, und man es eigentlich nicht anders kannte. Die kindlichen Bedürfnisse, wie Zuneigung und Streicheleinheiten, kamen in den Wirren eindeutig zu kurz. Dadurch waren wir viel zu frühreif geworden und gaben uns wie kleine Erwachsene. Manche hat es starkgemacht, andere konnten keine Freude mehr empfinden, und einige sind sogar daran zerbrochen. Wir Kinder wuchsen nur langsam in den ungewohnten Frieden. Unter den chaotischen Umständen nahmen die ersten Schulen wieder ihren Dienst auf mit der sogenannten „Schwedenspeise".

Wirtschaftlich gesehen waren wir aber reichlich verwöhnt, denn es ging ja immer nur nach oben – die schönste Zeit, die es je in Deutschland gab. Man konnte den Fortschritt noch nicht so recht sehen, aber doch schon fühlen. Mit den Engländern und Amerikanern als Besatzer musste man irgendwie zurechtkommen. Die Leute, zweidrittel davon Frauen, waren durch die Besetzung geprägt von Unsicherheit. Der Krieg war vorbei, aber die Spuren machten sich gerade hier bemerkbar. Tanzkurse standen bei den vielen Witwen hoch im Kurs. Wegen des weiblichen Überschusses wurden deshalb auch regelrecht Frauenfamilien gegründet und Männerberufe für die Damenwelt ohne Kinder zur Pflicht. Frauen sollten mitgestalten und so gesehen, war das doch bereits der Anfang einer Gleichberechtigung.

Stück für Stück kam der Alltag zurück. Das Zusammenleben bei uns in der Familie war aber nicht ganz so einfach. Vater hatte ja nie gelernt, mit Kindern umzugehen während seiner gut vier Jahre Abwesenheit.

Zum Beispiel: Wenn er etwas anordnete, mussten praktisch alle strammstehen. Wehe dem, der nicht so parierte, wie er gerne wollte. Dann musste Mutter oftmals schlichtend eingreifen und ihm sagen, wo es lang geht. Mit der Zeit hatte er sich aber gut in die dreifache Vaterrolle eingelebt. Es dauerte auch nicht lange, da fand er auch schon wieder Arbeit, und zwar in einer Gießerei in Velbert. Es war eine harte, schweißtreibende Tätigkeit im Akkord. Auf diese Weise konnte er aber das meiste Geld verdienen, um für seine Familie ausreichend zu sorgen. Ihm brachte das allerdings einen Arbeitstag von mindestens zwölf Stunden ein, sodass wir Vater wieder selten zu Gesicht bekamen. Der nächste Nachwuchs hatte sich offensichtlich auch schon angekündigt, als es langsam auf das erste gemeinsame Weihnachtsfest zuging. Die geheimen Wünsche blieben sowieso unerfüllt, also ließ man sich einfach überraschen. An solchen Festtagen gab es immerhin gutes Essen und manchmal auch eine sonst nicht übliche Leckerei. Meistens jedoch nahm man das zum Anlass, um Anziehsachen zu verschenken; ob gebrauchte oder neue, spielte überhaupt keine Rolle. Ganz selten aber gab es die ersehnten Spielsachen. Es sei denn, Vater hatte sich die Zeit genommen, um aus den vorhandenen Materialien etwas Schönes zu basteln. Der Ideenreichtum war schier unerschöpflich. Übrigens, die größte Freude wurde uns ja bereits mit Vaters Rückkehr zuteil. Mitten in unser Familienidyll platzte dann die Nachricht, dass der Krieg offiziell beendet sei zum Glück der gesamten Bevölkerung. Und doch gab es einige Menschen, die das gar nicht so recht glauben konnten und daran erhebliche Zweifel hatten. Am Ende waren es somit für unseren Vater sozusagen nur ein paar Monate Vorsprung in endgültiger Freiheit. Nach und nach trafen dann auch die ersten Heimkehrer nach Hause zurück.

Erstes Weihnachten nach dem Krieg

Bei uns freute man sich bereits auf das erste Weihnachtsfest nach dem Krieg im Jahre 1945. Doch die Freude währte nicht lange, sondern wandelte schnell ins Gegenteil um. Bruder Kurt und ich erkrankten an Diphtherie und wurden in dasselbe Krankenhaus nach Essen gebracht. Eines Tages traute ich meinen Ohren nicht, hörte ich doch im Nebenzimmer die Stimme meines Bruders Winfried. Ich rief laut seinen

Namen und im nächsten Augenblick schon stand die Schwester nichtsahnend mit ihm im Türrahmen meines Zimmers. Das war eine riesige Wiedersehensfreude beiderseits, die wir dann täglich genossen hatten. Bruder Kurt lag leider auf der Isolierstation, weil es ihn so schwer erwischt hatte. Wir mussten täglich um sein Leben bangen. Deshalb besuchten wir beide ihn jeden Tag, wenn wir auch nur einen Blick durch die Scheibe werfen konnten. Die Ärzte hatten ihn bereits aufgegeben. Da trat Opa als Lebensretter in Aktion. Nach äußersten Schwierigkeiten durfte er endlich an Kurts Bett treten und holte ihn schließlich auf den letzten Drücker ins Leben zurück. Seine Worte waren: „Hier ist der Opa. Du darfst nicht sterben, du musst leben und darum kämpfen". Kurt erkannte die Stimme von Opa, schlug die Augen auf, und von nun an ging es bergauf mit ihm. Das war dann für uns alle das tollste Weihnachtgeschenk, und wir Kinder waren zumindest wieder vereint. Im Krankenhaus fühlten wir uns eigentlich recht wohl, denn hier gab es Spielzeug, das wir zuvor nie gesehen hatten und dann auch noch benutzen durften. Allerdings schön abwechselnd, wie wir das mit allen anderen Sachen immer handhabten. Zur gleichen Zeit lag Mutter zur Niederkunft im Krankenhaus gegenüber unserer Wohnung und gebar einen Jungen durch eine Frühgeburt. Kurze Zeit später verstarb dann auch unser kleiner Bruder. Zuvor jedoch wollte die Hebamme von Mutter wissen, wie viel Kinder sie bereits habe. Daraufhin bemerkte sie noch, es gäbe ja keinen Grund traurig zu sein, mit drei Kindern hätte sie voll und ganz genug zu tun. Genau diese Äußerung löste bei Mutter zeitlebens ein Gefühl aus, dass dabei nicht alles mit rechten Dingen zugegangen sei. Ihr blieb aber auch nichts anderes übrig, als das so zu akzeptieren, wie es sich derzeit darstellte. Es war zwar nur eine Vermutung; aber ich glaube, eine Mutter spürt so etwas. Jedenfalls waren auch für Vater dadurch zusätzlich die Feiertage getrübt, begab er sich doch von einem Krankenhaus ins andere. Später hatte Mutter noch einmal eine Fehlgeburt, und wiederum war es ein Junge. Die Babys bekamen keine eigene Beerdigung, sondern wurden bei der nächstanstehenden Bestattung von Erwachsenen mit ins Grab gelegt. So verlief das erste Weihnachtfest im Frieden nicht gerade glücklich; doch es konnte ja eigentlich nur wieder besser werden.

Talfahrt der Wirtschaft

Die wirtschaftliche Lage verschlechterte sich dagegen eher, denn die Lebensmittel waren ja stark rationalisiert. Man konnte sie entweder auf zugeteilten Marken erwerben oder auf dem schwarzen Markt. Dieser Handel erlebte einen regelrechten Boom. Am Wochenende, wenn Vater bei uns zu Hause war, ging unsere Mutter mit einigen Nachbarfrauen auch manchmal auf Hamstertour über Land. Meistens kam sie mit einem vollgefüllten Rucksack zurück, dessen Inhalt immer für mehrere Mahlzeiten reichte. Als die Bauern merkten, dass damit ein Geschäft zu machen war, gaben sie ohne irgendeinen Gegenwert auch nichts mehr her. Jetzt begann die Blütezeit des Tauschhandels. Alles Hab und Gut oder andere liebgewonnene Gegenstände wurden verscherbelt gegen Essenswaren - teils „für en Appel un en Ei", wie man im wahrsten Sinne des Wortes sagt. Alle anständigen Menschen hatten geschmuggelt, oft auch unter kriegsähnlichen Zuständen. Wer nicht viel von der Hamsterei verstand, litt in der Schwarzmarktzeit unter chronischem Mangel an vielerlei Dingen – von den Genussmitteln ganz zu schweigen. Bei der üblichen Anschreiberei konnte man leicht den Überblick bis zum nächsten wöchentlichen Geldtag verlieren. Außerdem musste man stundenlang vor den Geschäften in der Schlange an, ohne zu wissen, dass man überhaupt noch etwas ergattern würde. Da konnte es gut passieren, dass die Ware kurz vor dem Ziel ausgegangen war, und man sein Glück am nächsten Tag wieder versuchte. Tante Gisela und ich haben hier in dieser Situation Häkeln und Stricken gelernt vor lauter Langeweile. Ich war gerade mal fünf Jahre alt und wie schon gesagt, die Tante immerhin vier Jahre älter. Die Aufgabe, die Mutter in der Schlange abzulösen, übernahmen in der Regel die Mädchen, während die Jungen sich hierfür selten zur Verfügung stellten. Die waren viel mehr beim Kohlenklau im Einsatz nämlich dann, wenn das Krankenhaus in unserer Straße mit Koks beliefert wurde. Sobald die Arbeiter zur Anmeldung im Gebäude verschwunden waren, schafften die Burschen, dabei auch immer Bruder Kurt, stückweise die schwarzen Brocken beiseite. Bei dem riesigen Kohlenberg machte sich das überhaupt nicht bemerkbar. Wenn die Lastwagen wieder abgefahren waren, füllte jeder die geholten Eimer so voll, wie er gerade noch tragen konnte. Anfangs war der Ertrag bei Kurt kaum der Rede wert, aber er brachte sie jedes Mal mit geschwollener Brust und voller Stolz heim. Mutter hatte auch ihre helle Freude daran und sagte nur: "Lasst Euch bloß nicht erwischen". Auf diese Art und Weise kamen wir auch zu unserem Eis. Das Krankenhaus wurde in regelmäßigen Abständen mit dicken Eisstangen zur Kühlung versorgt. Die Arbeiter trugen die einzelnen Stangen auf ihren Schultern, geschützt durch ein dickes Leder, ins Innere des Gebäudes. Das war dann der Moment, wobei für uns Kinder immer kleine Stücke abgefallen waren. Manchmal mussten wir auch ordentlich nachhelfen. Im Sommer war das jedes Mal eine willkommene, herrliche Erfrischung, das Wassereis. Sobald es draußen warm wurde, liefen wir nur noch barfuss, weil man doch verhältnismäßig schnell aus den Schuhen herauswuchs, und diese zudem extrem teuer waren. Im Winter behalf man sich dann mit bereits getragenen Schuhen, die einigermaßen passten. Mutter musste wohl gut gewesen sein im Organisieren und fackelte auch nie lange. Eines Tages wollte sie Feuer im Ofen anzünden, der stets zum Kochen benutzt wurde, egal ob im Sommer oder Winter. Sie fand kein Papier zum Anmachen, erwischte die Bibel, entriss Blatt für Blatt und steckte sie kurzerhand in den Herd. Die Seiten reichten vorerst mal wieder, um einige Essen zu zubereiten. Als Oma davon erfuhr, war sie zutiefst erschüttert, hatte beinahe den Glauben an die Menschheit verloren. Wie kann man bloß die Bibel, die Heilige Schrift, einfach so verbrennen. Das ist doch kein Papierersatz, das ist schließlich das Buch der Bücher. Es war bei uns im Hause wahrscheinlich auch der einzige Lesestoff, denn es war ein Geschenk zur Hochzeit der Eltern vom Pastor. In Omas Augen war der Verlust kein gutes Omen und sie besorgte so bald wie möglich eine neue Bibel.

Heimkehr von Onkel Hans

Allmählich kehrte so etwas wie Normalität ein in unser Alltagsleben - ein Jahr nach dem Kriegsende. Bis auf ein Ereignis, das ich noch genau vor Augen habe. Da bewegte sich eine Gestalt auf unserer Straße, die bei Groß und Klein für helle Aufregung sorgte. Ein Mann steckte in einem gefleckten Tarnanzug und hielt einen Zettel mit der Anschrift der Großeltern in der Hand. Als ich den Hausnamen vernahm, klingelte ich gleich bei ihnen. Oben im Fenster des dritten Stockes erschien Opa und rief Oma zu: "Ich glaube, unten vor der Haustüre steht unser Hans". Oma überzeugte sich erst gar nicht davon, und voller Freude erwiderte sie, dass sie ja zu keinem Zeitpunkt Zweifel an seiner Heimkehr gelassen hatte. So schnell wie in dem Augenblick war sie wohl noch nie die vielen Stufen hinunter gelaufen. Völlig außer Atem nahm sie ihn in den Arm und holte ihn stützend hoch in die Wohnung. Der Menschenauflauf vor der Haustüre musste bald darauf wieder abziehen, ohne etwas zu erfahren. Nur die engsten Angehörigen, darunter auch wir Kinder, durften zu ihm hoch. Da saß er dann, völlig entkräftet, nur noch Haut und Knochen, der Schädel glich einem Totenkopf, eine wandelnde Leiche, stumm wie ein Fisch im Wasser. Dabei waren doch alle so neugierig, und jeder wollte doch etwas erfahren. Aber er blieb stumm, und wir wussten nicht, warum? Vater meinte, die Russen hätten ihn nicht mehr gebrauchen können, weil er so schwach war, und hatten ihn einfach laufen lassen. Entweder hatte er tatsächlich die Sprache verloren, oder aber er musste sich einfach erst einmal erholen. Oma versuchte es mit Essen und Trinken, aber auch das rührte er nicht an. Inzwischen war die Nachricht sogar bis ins Krankenhaus vorgedrungen. Eine Krankenschwester nahm ihn mit und pflegte ihn fürsorglich. Er musste nach und nach, wie ein kleines Kind, wieder aufgebaut werden. Selbst lange nach der Entlassung brachte sie ihm noch jeden Tag eine extra Portion Essen nach Hause. Oftmals schimpfte Oma: "Der verdammte Krieg, was hat der in zwei Jahren aus meinem Jungen gemacht"? Es dauerte ein Jahr, bis er einen normalen Status erreicht hatte dank Unterstützung der Krankenschwester. Das Krankenhaus gegenüber, das Lutherhaus genannt, war also für uns alle immer wieder von Vorteil. Später sagte Oma einmal, dass sie ihren eigenen Sohn nicht erkannt hatte, aber sie glaubte ja so fest an seine Rückkehr. Jetzt war es endlich wahr geworden, und es gab auch nicht mehr den geringsten Zweifel daran. Mit neunzehn Jahren dachte er dann erstmals ans Arbeiten. Einen Beruf konnte er aufgrund der Kriegsjahre nicht vorweisen. Deshalb blieb ihm nichts anderes übrig, als irgendeine Tätigkeit anzunehmen. So landete er bei Thyssen – Krupp in Duisburg zur Demontage der Werkshallen.

Ein Überlebenskampf im Winter 1946

Das Überleben nach dem Krieg im Winter 1946 zeigte sich gleich doppelt schwer, denn es war der kälteste Winter seit Menschen Gedenken. Minus dreizehn Grad und mehr wurden gemessen, und kaum einer hatte eine warme Stube. Die Menschen gingen mit „Klamotten" ins Bett, um sich gegenseitig zu wärmen. Es gab zusätzlich Tote durch Hunger und Kälte in dem Hungerwinter. Man konnte ein halbes Jahr lang keine Beerdigungen durchführen, da der Boden tief und hart gefroren war. Man sprach bereits vom Weißen Tod. Die gesamte Welt hatte Hunger, und Deutschland war nur ein kleiner Teil davon. Die Sorgen der meisten Deutschen galt aber dem eigenen Überleben. Ganz Deutschland wurde zur „Diebesbande", und auch wir Kinder gingen auf Beutefang. Von den Eltern erhielten wir für den Diebstahl weder Strafe noch ein Lob. Wichtig war ihnen nur, dass wir keinen Ärger mit der Polizei bekamen, denn sie wollten doch gute Menschen aus uns machen. Gewiss eine schwierige Gradwanderung, weil man nicht wusste, wie es morgen weitergehen würde. Hunger tut weh, lässt die Seele leiden und macht Angst, aber sie gehörte zum Leben. Zwanzig bis dreißig Prozent der Menschheit hatte Untergewicht, wir wurden zu Überlebenskünstlern, und die Familien rückten noch näher zusammen.

Care Pakete zu Weihnachten

Die Freude auf das heranrückende Weihnachtsfest konnte dabei nicht so recht aufkommen. Die Eltern gaben sich trotzdem alle Mühe, ihren Kindern schöne Feiertage zu bereiten. Zu Weihnachten kamen aus Amerika Care Pakete, von denen man sich etwas erhoffte, das es bei uns nicht zu kaufen gab. Die eingeführten Lebensmittelkarten waren halt nur für das Allernötigste gedacht. Pro Kopf wurden gerade mal neunhundert Kalorien abgedeckt – viel zu wenig bei körperlich schwerer Arbeit. Falls die Karten mal verloren gingen, gab es dafür keinen Ersatz. Deshalb wurden sie behütet wie einen Schatz, denn sonst hätte man verhungern müssen. Oder man hatte das Glück, von anderen netten Leuten unterstützt zu werden. Das passierte nicht selten, denn je weniger man besaß, desto mehr schätzte man das Wenige und lernte auch das Teilen. Wenn wir in Omas Beisein mal von Armut sprachen, entgegnete sie auf ihre besondere Weise: „Wir sind nicht arm, wir können glücklich sein, weil wir eine Familie sind. Außerdem haben wir den Krieg verloren, wir sind doch schuldig; aber wir schaffen das schon". Sie hatte die göttliche Gabe, selbst in einer scheinbar aussichtslosen Situation noch etwas Gutes zu sehen. Ihr Leben lang hatte sie uns gelehrt, nie den Mut zu verlieren und niemals die Hoffnung aufzugeben. Tatsächlich hatten wir das große Glück, dass alle Männer aus unserer Verwandtschaft körperlich unversehrt nach Hause kommen konnten – abgesehen von den unsichtbaren, seelischen Belastungen, mit denen jeder auf seine eigene Weise fertig werden musste. Es gab genug Familien, die gleich mehrere Angehörige verloren und zu beklagen hatten. Die Nachricht von den vielen Gefallenen nahm man als Kind gar nicht ernsthaft wahr, weil das Wort selbst uns so harmlos erschien. Man brachte es zunächst einfach mit „fallen" in Verbindung, bis man begriff, dass sie für immer tot waren und ein großer Verlust für die betroffenen Familien bedeutete. Schließlich war der Vater doch der Ernährer und somit Mittelpunkt der Familie. 1946 wurde dann die Demokratie gegründet, zu der selbstverständlich auch die Presse gehörte. Die erste Ruhrzeitung kam heraus, Parteien bildeten sich, der Sozialismus war das Modewort, und freiheitliches Denken wurde groß geschrieben. Die Jugendlichen wurden geschult, gepaart mit Musik und Kultur, denn der Nachholbedarf war riesengroß. Es entstanden die ersten Büchereien, Theater und Museen.

Selbstversorger

So einen harten Winter wollten wir nicht noch einmal erleben. Deshalb schafften wir uns einen Garten an, der von Opa jedes Jahr bestellt wurde. So hatten wir stets unser eigenes frisches Gemüse. Später hielt Opa bei uns im Stall hinter unserem Haus auch noch ein kleines Ferkel, das von den Abfällen der drei Haushalte reichlich gemästet wurde. Dafür sind sogar extra Kartoffelschalen abgekocht worden, um bloß alles verwerten zu können. Da waren wir fast reine Selbstversorger, und von daher ging es uns eigentlich recht gut. Nur Obst war immer Mangelware. Zum Glück besaß unsere Nachbarin einen großen Birnbaum, von dem wir zur Erntezeit oft eine Birne geschenkt bekamen.

Jedes Jahr, nachdem Väterchen Frost Einzug gehalten hatte, war bei uns das allseits beliebte Schlachtfest angesagt. Dabei musste die ganze Familie mithelfen, denn jede Hand wurde gebraucht. Alle waren im Einsatz. Wir Kinder liefen immer hin und her und schleppten jede Menge heißes Wasser herbei. Das Fleisch wurde in Einkochgläsern haltbar gemacht, sodass man das ganze Jahr über davon zehren konnte. Am Abend, nach getaner Arbeit, und auch noch am nächsten Tag, gab es dann die berühmte Schlachtplatte. Darum haben uns die Nachbarn immer wieder beneidet. Einige bekamen auch manchmal etwas davon ab.

Nicht lange nach der Heimkehr von Onkel Hans kam auch Onkel Kurt aus russischer Gefangenschaft zurück zu seiner Frau und den Kindern in die kleine Wohnung. Er konnte sich schlecht an das Familienleben gewöhnen und begann zu trinken. Die Familie litt sehr darunter und hielt aber dennoch eine zeitlang durch; bis Oma den Zustand nicht mehr mit ansehen konnte und auf eine Trennung drängte. Mitten in diese zerrütteten Familienverhältnisse platzte dann plötzlich die Nachricht von einem schweren Verkehrsunfall auf der Arbeitsstätte, wo Onkel Hans und Onkel Kurt gemeinsam beschäftigt waren. Sie hatten den Auftrag, die großen Werkshallen von der Firma Krupp zu demontieren. Dabei war Onkel Hans dann aus schwindelnder Höhe in die Tiefe gestürzt und hatte sich lebensgefährlich verletzt. Das war nicht nur für uns alle, sondern besonders für Oma eine schlimme Situation, weil sie ihn doch nach seiner Heimkehr so aufopfernd hoch gepeppelt hatte. Jedenfalls konnte man noch von Glück im Unglück reden, denn er überlebte den Unfall gut nach einem langen Krankenhausaufenthalt. Zurückbehalten hat er einen sogenannten „Klumpfuß" mit der Folge, dass er für immer ein wenig humpeln muss. Als Entschädigung dafür bezieht er immerhin zeitlebens eine angemessene Unfallrente.

Die Scheidung zwischen Onkel Kurt und Tante Änne folgt dann auch einige Zeit später mit der Konsequenz, dass Onkel Kurt vorerst wieder zu Hause bei den Eltern Unterschlupf fand. Obwohl er gesetzlich zum Unterhalt der Kinder verpflichtet wurde, hatte er sich immer wieder davor drücken können. So musste Tante Änne sich mit dem Nachwuchs ganz alleine durchschlagen, denn vom Staat gab es damals keinerlei Unterstützung. Aber da war ja noch unsere Oma, die alles tat, was sie nur konnte, selbst bei ihrem geringen Einkommen. Später besorgte sich die Tante notgedrungen eine Heimarbeit als Näherin und saß fast den ganzen Tag an der Nähmaschine, um für die täglichen Bedürfnisse zu sorgen. Deshalb war der Kontakt zu ihrem Exmann – und ebenso das Verhältnis der beiden Kinder zu ihrem Vater - zeitlebens abgebrochen. Nicht einmal an Geburtstagen oder an Weihnachten hat er sich in irgendeiner Weise erkenntlich gezeigt, obwohl er besonders an seiner Tochter hing. „Schickse" nannte er sie immer ganz stolz. Bald ging er auch eine zweite Ehe ein und verließ die elterliche Wohnung wieder – zum Glück seiner Eltern. Letztendlich starb er auch an den Folgen der Trinksucht.

Schulzeit

Schulbeginn

1947 liefen massenhafte Proteste gegen die organisierten Demontagen bei Krupp und Thyssen. Die amerikanische Strategie aber beabsichtigte damit einen Neuaufbau, dem zwölf Stunden harte Arbeit folgten. Damit lösten sich Hunger und Elend allmählich in Wohlgefallen auf. Das Ende der Trümmerjahre war in Sicht, und der Wiederaufbau konnte beginnen. Im Frühjahr desselben Jahres kam ich mit sieben Jahren in die Volksschule – so nannte man sie damals. Üblicherweise geschah das bereits mit sechs Jahren, aber durch die Kriegswirren hatte sich das alles verzögert. Zusammen mit Cousine Christel zählten wir nun zu den i-Dötzchen. Die Schule lag nicht weit von unseren Wohnungen entfernt. Da wir den Schulweg bereits kannten, brauchten wir an dem besagten Tag auch keine Begleitung mehr. So machten wir uns allein und voller Spannung auf in den Kampf, denn wir hörten vorher stets: „Jetzt beginnt der Ernst des Lebens". Es war sowieso keine Sitte, dass die Eltern am ersten Schultag teilnahmen, denn der Ablauf des Alltags war vorrangig. Die Tüte mit den Süßigkeiten gab es auch erst einige Jahre später. So gesehen schien es also ein ganz normaler Tag zu sein, und doch war er aufregend schön. Irgendwie spürten wir, dass ein neuer Lebensabschnitt begann, und waren stolz, jetzt Schulkinder zu sein. Mächtig stolz war ich auch auf meinen Ranzen, den Vater aus Sperrholz gebastelt hatte. Damit der Tornister nicht nur nach einer einfachen Kiste aussah, war die Sichtfront mit der Klappe von Vaters Feldtasche beschlagen. Immerhin bestand die aus echtem Fell und schmückte meinen Ranzen, um den mich alle beneideten. Gerade hatte ich mich in der Schule ein wenig eingelebt, da musste ich sie auch schon wieder wechseln. Wir hatten eine größere Wohnung bekommen und gehörten nun schulmäßig zu einem anderen Bezirk. Cousine Christel, die später ebenfalls dort eine Wohnung bezogen hatte mit ihrer Familie, durfte weiterhin die gewohnte Schule besuchen. Das hatten wir nie verstanden, aber dennoch so hingenommen. Mein neuer Schulweg war nämlich wesentlich weiter und führte über unseren Ort hinaus bis in den Nächsten. Man musste schon fünfundvierzig bis sechzig Minuten dafür einkalkulieren – und das zweimal am Tag. Auch hier hatte ich mich alleine eingeführt. Dabei schloss ich mich dann den Kindern an, die hier bereits zur Schule gingen. Als ich Angaben zu den Personalien machen musste, fragte die Lehrerin unter anderem nach dem Vornamen meines Vaters. Prompt antwortete ich mit „Meck", denn nur so wurde er von uns allen gerufen. Daraufhin setzte ein großes Gelächter ein, und ich wäre am liebsten im Erdboden versunken. Gleich bemerkte ich, dass der Name nicht stimmen konnte, und schämte mich sehr dafür. Zuhause aber erntete ich für die peinliche Lage ein heiteres Schmunzeln und konnte dann am nächsten Tag berichten, dass er Max heißt. Ich hatte keine Ahnung, wie der Spitzname einst zustande kam. Man weiß eigentlich nie genau, wie man zu so einem Namen kommt – plötzlich ist er da.

Einzug in eine größere Wohnung

Nun möchte ich erst einmal unsere neue Wohnung etwas näher beschreiben, die sich in einer Kolonie befand. Das heißt, ein Haus glich dem Anderen, vier Häuser in einer Reihe, und gegenüber drei weitere Gebäude. Dazwischen verlief eine Straße aus Schotter mit jeweils einer sogenannten Gosse. Hier lief dann das Abwasser oberflächlich vor den Häusern entlang, bis es irgendwo in einen Kanal ging. Man konnte direkt verfolgen, was jeder Haushalt so durch den Abfluss spülte. Für uns Kinder bot sich einfach eine Spielgelegenheit mehr dadurch. Wir nutzten das Rinnsal nämlich zum Schwimmen von Stöckchen oder selbstgebastelten Papierschiffchen. Hinter dem Haus mussten wir uns mit einer anderen Familie einen Hof teilen und auch die Toilette. Da jeder aber einen eigenen Schuppen bzw. einen Stall besaß, dauerte es nicht lange, bis Vater uns dorthinein eine Toilette für uns ganz alleine baute. Ich weiß nicht, ob man hier überhaupt von Toiletten reden kann, denn es waren alle nur Plumps Klosetts. Jedenfalls gab es keinen Ärger mehr wegen der Säuberung und des Toilettenpapiers Marke Eigenbau. Außerdem hatten alle Mieter hinter den Ställen einen kleinen Garten. In erster Linie diente er uns zur Selbstversorgung von frischem Gemüse und zur Erholung – hauptsächlich an Wochenenden. Eine kleine Ecke opferte Vater auch immer für schöne Blumen rund um eine Sitzbank. Wenn man vor dem Vierparteienhaus stand, belegten wir die Wohnung rechts oben. Eine Holztreppe führte in die erste Etage, auf der wir uns mit den Nachbarn gegenüber ein gusseisernes Spülbecken im Flur teilen mussten. Damit es nicht dauernd zu unliebsamen Begegnungen mit unseren Mitbewohnern kommen würde, legte Vater später eine Wasserleitung in die vorhandene Küche, versehen mit einem großen weißen Becken aus Keramik. Das war bereits eine wesentlich bessere Wohnqualität für uns, denn im Winter war es oft sehr kalt für die morgendliche Reinigung auf dem Flur. Ein Bad besaßen nur die wenigsten Leute - galt es doch als reiner Luxus. Dagegen brannte im Küchenherd – ob Sommer oder Winter – tagsüber stets ein Feuer, weil darauf gleichzeitig gekocht wurde. Neben der Küche bestand unsere Wohnung noch aus einem Schlafzimmer und einem Wohnzimmer. Allerdings spielte sich das alltägliche Leben hauptsächlich in der Küche ab. Auf dem Speicher gab es neben dem Platz zum Wäschetrocknen noch zwei kleine Kammern, von denen die Eltern eine als Schlafstätte für meine beiden Brüder hergerichtet hatten. Hier oben war es im Winter oft so kalt, dass die Jungen manchmal mit Raureif um Mund und Nase am Morgen in die warme Küche kamen. Bei der extremen Kälte nahmen meine beiden Brüder statt Wärmeflasche einen heißen Ziegelstein mit ins Bett. Dann waren auch tagsüber immer alle Fensterscheiben in den nicht beheizten Räumen bis obenhin mit wunderschönen Eisblumen bedeckt. Die andere Bude beschlagnahmte eine Familie aus der Parterre. In der gesamten Wohnung war aber kein Licht vorhanden, doch Vater verlegte hier alle Leitungen und Steckdosen selbst, obwohl er nur Laie war. Jedenfalls hatte alles erfolgreich geklappt, und wir bekamen zum ersten Mal elektrisches Licht. Uns Kindern erschien diese Errungenschaft wie ein Wunder. „Es werde Licht - und es ward Licht".

Vorfreude auf Weihnachten

Ein anderer Lichtblick war die Vorfreude auf Weihnachten in der neuen Wohnung. In der erfüllten Adventszeit wurden Plätzchen gebacken, Geschenke gebastelt und immer wieder die schönen Weihnachtslieder gesungen mit allen Strophen – sogar zweistimmig. Ohne vorherige Absprache wechselten Mutter und ich von der ersten in die zweite Stimmlage um. Selbst meine Brüder sangen immer begeistert mit. Nur

Vater hatte sich selten dazu hinreißen lassen, weil er meistens noch andere Dinge zu erledigen hatte. Zum Beispiel war es jedes Jahr zu Weihnachten seine Aufgabe, den Baum zu besorgen und auch zu schmücken. Damit fing er dann jeweils Heiligabend nach dem Mittag an, und das hatte sich bis zum Abend hingezogen.

Ohne den geschmückten Baum in Augenschein nehmen zu dürfen, gingen wir Kinder mit einer seltsamen Unruhe zu Bett. Wir waren gespannt auf die Bescherung am ersten Weihnachtstag. Wenn wir auch keine Geschenke zu erwarten hatten, so war man schon allein vom Lichterglanz des Baumes verzaubert. Alle Jahre wieder zeigte er sich in klassischer Form mit Silberkugeln und Lametta auf schneebedeckten Zweigen. Der entstand aus zig kleinen Wattebäuschchen, die jedes Mal alle wieder einzeln abgenommen und aufbewahrt wurden für das nächste Jahr. Die unstillbare Freude aber nahm ihren Höhepunkt, als wir nun endlich unsere Geschenke auspacken durften. Meistens gab es bloß etwas zum Anziehen; völlig egal, ob die Sachen gebraucht oder neu waren. In erster Linie mussten sie nützlich sein. Außerdem erhielt jedes Kind zum Fest ja noch eigens einen Teller gefüllt mit Obst, Plätzchen, Nüssen und verschiedenen Süßigkeiten zum Schleckern. Zurückhaltend und bescheiden, wie wir waren, gaben wir uns schon mit wenigen Dingen voll und ganz zufrieden. Die Mahlzeiten an den Festtagen wurden auch besonders hergerichtet. So standen bei uns an Weihnachten traditionsgemäß viele Jahre lang grüne Klöße mit Fleisch und einer guten Soße auf dem Tisch. Diese Tradition war überliefert worden von der Mutter meines Vaters, die aus Sachsen stammte. Der Clou an den Klößen war, dass in einem ein fünf Mark Geldstück eingelegt wurde, und wir Kinder besonders scharf darauf waren, diese Münze zu erhaschen. Allein aus diesem Grund aßen wir meistens mehr, als wir vertragen konnten. Hatten die Erwachsenen das Geld erwischt, gingen wir trotzdem nicht leer aus, denn dann wurde es unter uns Kindern aufgeteilt. Die Freude wuchs natürlich noch an, je größer die Tafelrunde war; und an Festtagen hatten wir immer reichlich Besuch. Eine solche Stimmung war eben nur als Kind an Weihnachten zu haben. Ich erinnere mich noch genau an eine vorweihnachtliche Zeit, in der es besonders geheimnisvoll zuging. Wir Kinder hatten keine Ahnung, was sich da zu Hause allabendlich abspielte. Es musste mit Weihnachten zu tun haben. Als dann endlich die Bescherung war, kamen wir aus dem

Staunen gar nicht mehr heraus. Für mich stand da eine komplette Puppenstube mit zwei Zimmern. Die einzelnen Gegenstände waren so wirklichkeitsgetreu nachgebildet, dass man von einem echten Schmuckstück reden konnte. Ebenso mit der gleichen Sorgfalt von Vater eigenhändig gefertigt, bekam Bruder Kurt einen Bauernhof geschenkt. Damit war nun auch die ganze Geheimnistuerei gelüftet. Zurückhaltend mit unseren wirklichen Wünschen waren wir selbst mit den wenigen Dingen voll und ganz zufrieden, wenn auch nicht unbedingt wunschlos glücklich. Demnach musste Vater also Wochen bzw. Monate abends daran gebastelt haben, während wir schliefen. Das war und blieb aber auch vorerst die einzige Ausnahme. Unsere Wünsche in den mageren Nachkriegsjahren waren dem zufolge auch entsprechend klein und blieben meist nur Träume. So war mein Kinderwunsch, Ballettunterricht zu bekommen, auch nie in Erfüllung gegangen; aber schließlich lief doch – Jahr für Jahr – alles seinen gewohnten Gang. Mit klopfenden Herzen freute man sich bereits auf das nächste Jahr, und es entwickelte sich regelrecht eine Sehnsucht nach Weihnachten. Es war stets ein schönes, stimmungsvolles Fest, weil es halt wie immer war. Der Gedanke daran lässt die Vergangenheit gleich wieder aufleben, und man zehrt heute noch gerne davon. Früher war man sehnsüchtig nach Weihnachten, heute blickt man wehmütig zurück. Am Silvesterabend kam traditionsgemäß Kartoffelsalat mit Würstchen auf den Tisch. Dazu genossen wir eine außergewöhnlich seltene Spezialität: Belegte Brötchen mit Lachsersatz garniert und hart gekochten Eischeiben. Manchmal kosteten wir auch vom falschen bzw. unechten Kaviar. Abends, am Neujahrstag erwarteten uns dann selbstgebratene Heringe, die in süß – saurer Brühe eingelegt waren. Gekauft hatten wir sie stets frisch auf dem Markt für zehn Pfennig das Stück. Bevor sie in der Pfanne landeten, mussten sie aber erst noch entschuppt und ausgenommen werden – eine glitschige, und nicht gerade saubere Arbeit. Anschließend wurden sie gewürzt, in Mehl gewälzt und schließlich gebraten. Wenn auch die Wohnung danach noch tagelang nach Fisch roch, so hatte sich die Mühe allemal gelohnt.

Abschied von Opa

Bei der Beerdigung 1948 - von unserem Opa väterlicherseits – zählte ich gerade mal acht Jahre und konnte eigentlich nicht traurig sein, weil wir ihn nicht so gut kannten. Von ihm wusste ich nur, dass er oft und gerne zum Pilze sammeln ging. Außerdem fühlte er sich in Gesellschaft am wohlsten, war in den Kreisen sehr beliebt, und überall als Stimmungskanone bekannt. Mit seiner Frau, also unserer anderen Oma, war das Verhältnis ebenso. Das lag einfach an der größeren Entfernung, die zwischen uns lag. Deshalb traf man sich gelegentlich eben nur an großen Festtagen oder hielt brieflichen Kontakt, denn Telefone für Privathaushalte gab es halt noch nicht. So war auch die Beerdigung immer ein Anlass, sich mal wieder mit der Verwandtschaft zu treffen. Ich fand es außerordentlich wichtig, dass ich an diesem Tag zum ersten Mal schulfrei bekam. Trotzdem spürte ich eine aufgeregte Ungewissheit in mir, denn es sollte keine gewöhnliche Bestattung werden. Zunächst trafen sich alle Angehörigen in der Wohnung, um am offenen Sarg Abschied nehmen zu können. Uns Kindern wurde ausdrücklich gesagt: „Aber nicht den Opa anfassen", dass wir auch befolgten – ebenso alle Angehörigen. Nur was Oma dann tat, schockierte mich doch ein wenig, denn sie küsste den toten Opa mehrmals und konnte sich gar nicht trennen von ihm. Man musste sie schließlich vom Sarg wegholen, weil draußen bereits der Trauerzug Aufstellung nahm. Dann stand da die große Überraschung: Eine schwarze Kutsche mit sechs schwarzen Pferden davor gespannt ganz nach Opas Wunsch. Da wir zu den engsten Angehörigen zählten, hatten wir die Ehre, direkt hinter der Kutsche – nahe bei den Pferden – laufen zu dürfen. Die Musik der Bergmannskapelle sowie die Zimmerleute in Uniform nahmen wir so nebenbei wahr. Viel interessanter für uns Kinder waren die Pferde und deren Verhalten. Der Kutscher hatte jedenfalls alle Hände voll zu tun. Wir waren gut damit beschäftigt, alle Pferdeäpfel zu zählen, die jedes der Tiere auf die Straße fallen ließ. Der führte nämlich durch die ganze Stadt bis hin zum Friedhof. Hier wartete kein Pfarrer oder Pastor auf uns, sondern ein freier Prediger, weil Opa angeblich keine Beziehung zur Kirche hatte. Zum Abschluss ging es dann zum „Leichenschmaus" und endete als schöner Tag für uns Kinder.

Not und Elend

Die Not und das Elend blieben uns Kindern nicht verborgen. Alleinerziehende Mütter und Witwen hatten es besonders schwer. Aber gerade in den schlechten Zeiten nach dem Krieg feierten die Leute gerne, freuten sich des Lebens und ließen deshalb kein Fest aus. Man traf sich nachmittags zum Kaffeekränzchen - ganz ohne extra Einladung. Es gab meistens Rhabarbertorte, weil die Stangen ja im eigenen Garten wuchsen. Als Sahneersatz nahm man Eischnee, und dazu gab es eine Kanne Kaffee; allerdings nicht von der „echten" Bohne, sondern vom Muckefuck. Damit bezeichnete man einen dünnen Kaffee, der aus Gerste hergestellt wurde, also Kaffee – Ersatz. Wenn man Glück hatte, konnte man von einer Gastgeberin auch mal einen echten Bohnenkaffee genießen. War der Kaffee dann sehr dünn, sodass man die Blümchen auf dem Grund der Tasse sah, bezeichnete ihn eben als Blümchenkaffee. Als in Steele eine Kaffeegroßrösterei eröffnete, waren Groß und Klein gleichermaßen glücklich darüber, denn hier konnte man zusehen, wie der Kaffee geröstet wurde. Anschließend, erst kurz vor dem Verkauf, kam er in das Mahlwerk, damit der Duft nicht vorher bereits verloren ging. Wer sich den Kaffee leisten konnte, kaufte sowieso nur die ganzen Bohnen, um sie zu Hause in der Kaffeemühle von Hand zu mahlen. Den Kaffee gab es lose schon ab hundert Gramm zu erwerben. Es machte sogar uns Kindern Spaß, hier einkaufen zu gehen. Das duftete so herrlich, dass man das Aroma draußen noch etliche Meter weiter riechen konnte. Die Jugend trank weiterhin ihre Magermilch und kümmerte sich wenig um die Bohnen.

„Pups-Bier"

Die Männer freuten sich nach Feierabend auf ein bereits kalt gestelltes Bier. Das geschah meist in einer kleinen Badewanne oder einem Putzeimer mit etwas Stangeneis, da es ja noch keinen Kühlschrank gab. Der Gerstensaft wirkte nicht nur auf die Blase, sondern auch auf den Darm mit verheerenden Folgen. Sobald man es getrunken hatte, ging es auch schon los mit dem Luftablassen. Jetzt war jedem klar, warum man das Gebräu als „Pubarschbier" bezeichnete. Dieses Bier war ein begehrtes Volksgetränk und erst am Vortag gebraut. Es wurde zuerst vom Pferdefuhrwerk und später auch noch vom Kleinlastwagen herunter in Holzfässern auf der Straße angeboten. Darauf aufmerksam gemacht wurden die Leute mit Glockengebimmel. Manche konnten es kaum erwarten, und der Bierkutscher verkaufte literweise in Gefäße aller Art. Für jeden Neukunden gab es die Erklärung für das noch unreife Bier gratis dazu. Wer den Umgang mit dem Bier nicht genau befolgte, musste mehr oder weniger mit großen Schwierigkeiten rechnen. Es konnte nämlich rasch zu Durchfall, Magenverstimmungen und Blähungen führen. Für uns Kinder war es immer eine lustige Angelegenheit, denn wir konnten wirklich über jeden Furz lachen.

Langsam kam auch die Wirtschaft wieder in Schwung. Selbst bei guter Haushaltsführung reichte das Geld aber nur für Lebensmittel. Dazu zählten hauptsächlich Brot und Kartoffeln, die die Grundnahrung bildeten. So gab es oft schon zum Frühstück Bratkartoffeln, die auch nicht selten als Belag auf dem Brot landeten. Abends wurden wir meistens von einem dicken Milchbrei satt. Trotz dieser eintönigen Mahlzeiten hatten wir Blagen – so nannte man die Kinder im Ruhrgebiet – nie wirklich hungern müssen. Nicht einmal Obst oder irgendetwas Süßes standen auf der Einkaufsliste bzw. auf dem Speiseplan. Obwohl Vater als Former in der Gießerei gut verdiente, wurden diese Artikel selten gekauft. Meistens standen in der näheren Nachbarschaft verschiedene Obstbäume, bei denen wir uns dann heimlich bedienten. Die stibitzten Früchte schmeckten natürlich ganz besonders gut, weil man sie doch selbst erbeutet hatte. Manchmal konnten wir Kinder gar nicht abwarten, bis das Obst wirklich reif war, und man Magenschmerzen davon bekam. Wenn Mutter ab und zu mal welches gekauft hatte, konnte man nicht einfach gleich zugreifen, sondern es wurde uns gleichmäßig zugeteilt. An Süßigkeiten sollte es uns auch nicht mangeln. Darum kam immer große Freude auf, wenn Mutter mit uns Bonbons machen wollte. Hierfür stellten wir eine große Pfanne auf den Herd, erhitzten darin reinen Zucker und brachte ihn zum Schmelzen. Danach musste man die zähe Flüssigkeit sehr schnell mit einem kleinen Löffel in Form bringen und erkalten lassen. Das war jedes Mal eine klebrige, aber doch immerhin süße Angelegenheit. Zucker diente oft genug auch als Brotaufstrich, wenn nichts anderes vorhanden war. Damit er besser auf dem Brot hielt, wurde die Scheibe leicht angefeuchtet. Nicht selten musste Vater mit solch belegten Broten seine schwere Arbeit verrichten – täglich zehn Stunden und auch an Samstagen.

Pilgerfahrten

Kurz nach dem Krieg waren die Kirchen beider Glaubensgruppen immer gut besucht ebenso die Wallfahrtsorte. Die nächste Pilgerstadt für uns Ruhrgebietler war Neviges. Durch den Glauben erhofften sich die Familien eine Linderung oder gar Lösung ihrer Probleme. An manchen Tagen tummelten sich hier mehr Besucher, als die Stadt Einwohner hatte. Die Einwohner galten nicht nur als gastfreundlich, sondern waren auch geschäftstüchtig. Gegen ein gewisses Entgelt konnte man als Pilger in den Privatwohnungen Kaffee kochen. Den eigenen Kuchen oder die Brötchen, sowie die echten Bohnen, brachten sie sich von zu Hause mit. Besonders an Feiertagen und Wochenenden pulsierte hier das Leben. Die Deutsche Bundesbahn, wie sie früher noch genannt wurde, konnte den Ansturm kaum bewältigen. Die Züge waren bei dem Andrang stets hoffnungslos überfüllt, die Schaffner stießen an ihre Grenzen, und die Tickets kosteten allemal viel Geld. Ohne einen gültigen Fahrausweis hatte man auch keinen Zutritt auf den Bahnsteig. In einem kleinen Häuschen in der Bahnhofshalle saß in allen Bahnhöfen ein Kontrolleur. Selbst wenn man nur jemanden abholen wollte, kam man ohne eine sogenannte Bahnsteigkarte nicht zu den Gleisen. Im Laufe der Zeit waren diese Sperren dann aber weggefallen. Schade für unseren Vater, denn er führte auch einmal solch einen Job aus.

Währungsreform und Grundgesetz

Das Warenangebot bei uns in Deutschland war wieder reichlicher geworden; allerdings war es nur zu utopischen Preisen erhältlich. 1948 führte die Regierung dann eine Währungsreform durch, sodass aus der Reichsmark die Deutsche Mark (D–Markt) wurde. Jede Familie erhielt vierzig D-Mark von dem neuen Geld, alle hatten den gleichen Start und mussten damit haushalten. Die Leute waren alle verwundert, dass quasi über Nacht alles wieder zu haben war. Das Hamstern hatte mit der Reform endlich auch ein Ende gefunden. Wohl denen, die einer Beschäftigung nachgingen, damit Geld verdienten, und eine Familie einigermaßen davon ernähren konnte. Von jetzt an bewarb man sich in den Fabriken wieder selbst um Arbeit. Zu der Zeit wurde auch in Essen das erste große Textilkaufhaus eröffnet mit einer Rolltreppe, die bisher keiner kannte. Man bestaunte nur die Auslagen in den Schaufenstern, weil zum Kaufen den meisten das Geld dazu fehlte. Ganz Mutige wagten sogar den Kauf auf Kredit, den man hier erstmals anbot. In unserer Familie machte man von dem Kauf auf Pump prinzipiell keinen Gebrauch, sondern sparte erst das Geld für eine Anschaffung zusammen. Die Frauen wurden im Allgemeinen schicker, und der Begriff vom „Fräulein Wunder" war entstanden. Es gab aber auch einen Höchststand an Scheidungen und an damals noch illegalen Schwangerschaftsabbrüchen aus Existenznot. Ein Drittel der Männer blieb im Krieg; aber dafür kamen eine Million Menschen als Flüchtlinge nach Nord – Rhein – Westfalen in die Lager.

Dank Vater wurde auch unser Haushalt allmählich durch elektrische Haushaltsgeräte modernisiert, weil er durch seine Beziehungen in der Formerei besser an die Endprodukte kam. Als Erstes brachte er ein elektrisches Bügeleisen und ein elektrisches Waffeleisen mit nach Hause. So gab es neben dem üblichen Sonntagskuchen auch mal leckere Waffeln zur Abwechslung. Für die meisten Familien aber waren diese Geräte noch lange nicht erschwinglich - wie auch viele andere Sachen im Jahre 1949. Zwischen Zerstörung und Hoffnung bildete sich das erste Parlament, die erste Regierung, mit Dr. Konrad Adenauer an der Spitze. Zufällig an meinem Geburtstag trat das Grundgesetz in Kraft. Mit zunehmendem Alter staunte ich nicht schlecht, als ausgerechnet jedes Jahr an diesem Tag die Fahnen an den öffentlichen Gebäuden gehisst wurden. Man wollte mir über einen längeren Zeitraum glaubhaft machen, dass es zu meinen Ehren geschehen würde. Ich nahm die Aussage nicht wirklich ernst, aber irgendwie empfand ich es als nette Schmeichelei. Neue Läden und Fabriken brachten neue Hoffnungen, und doch war Improvisation alles. In dieser immer noch großen Trümmerlandschaft wollten die Menschen eine gewisse Normalität herstellen.

Die Menschen nach dem Krieg, insbesondere die Kinder, wurden von den Angehörigen oder auch von der Außenwelt mit den verschiedensten Spitznamen bedacht. Die Betroffenen selbst akzeptierten den Beinamen widerstandslos, und auch das Umfeld hatte davon regen Gebrauch gemacht. Bei uns war das nicht anders mit den Spitznamen. Für mich erfand Onkel Hans den Namen „Minna", den ich nicht gerade schön fand. Gott sei Dank blieb der aber nur im Familienkreis gebräuchlich, und hier konnte ich ihn noch einigermaßen gut akzeptieren. Warum und wieso er darauf kam, dass weiß allein der Kuckuck. Bei meinen Brüdern dagegen waren die neuen Namensgebungen gleich offensichtlich und leicht erklärlich. Bruder Kurt wurde einmal von einer Nachbarin „Bubi" gerufen und hörte seitdem auch darauf. Passender konnte er sowieso nicht genannt werden, denn er war unverkennbar ein nettes, und vor allem, ein strammes Bürschchen. „Ulligen" für Bruder Winfried war ebenso voll getroffen aufgrund seiner lustigen und oft witzigen Art. Dazu fällt mir spontan eine Anekdote ein, die sich in der Arztpraxis einmal zugetragen hatte. Ich begleitete Winfried dorthin, weil Mutter gerade keine Zeit hatte, und er noch zu klein war, um alleine in die Stadt zu gehen. Während der Untersuchung fragte er die Ärztin dann sehr interessiert: „Gehst du auch im Dunkeln immer Pipi auf dem Eimer machen?" Mir war die Frage schon ein wenig unangenehm aber zugleich auch amüsant. So frei und offen zeigte er sich eben häufig und war genau deswegen bei allen recht beliebt. Seine Unbefangenheit kam selbst bei der Ärztin gut an; zumal sie uns und die Verhältnisse ja von Geburt an kannte. Wir hatten sie oft auch privat kennengelernt, weil sie ebenfalls auf dem Steeler Berg wohnte. Allerdings lebte sie hier mit ihrer Familie in einer Villa direkt am Park. Die Frage von Bruder Winfried wäre eigentlich überflüssig gewesen, aber wurde dennoch von ihr selbstverständlich beantwortet. Außerdem vermochte sie sowieso bestens mit Kindern umzugehen, da sie genug Erfahrungen mit ihren eigenen Sprösslingen sammeln konnte.

Auswanderung Ade

Im Jahre 1949 hatten unsere Eltern sich zur Auswanderung nach Kanada registrieren lassen und hatten ein Jahr Zeit, sich endgültig zu entscheiden. Es setzte eine enorme Reisewelle ein – mit dem Schiff über den großen Teich in die neue Welt. Für uns erfüllte sich dieser Traum vom Glück nun doch nicht, denn Mutter hatte letztendlich vielerlei Bedenken. Wir Kinder wurden zu diesem Abenteuer gar nicht erst gefragt, und so mussten wir in Deutschland weiter mithelfen, das zerstörte Land wieder aufzubauen.

Wiederaufbau und Schule

Der Wiederaufbau begann bereits in den Schulen, denn wir sollten jeden Tag – entweder ein Stück Brikett oder einen Ziegelstein mitbringen. Als ob der Ranzen mit der Schiefertafel und den Büchern nicht schon schwer genug gewesen wär bei dem langen Schulweg. Trotzdem boten sich einige Kinder an, auch noch die Tasche der Lehrerin tragen zu dürfen. Dabei hatte ich mich aber stets zurückgehalten. „Oma" Lamm wurde unsere Klassenlehrerin nur genannt, weil sie für uns schon uralt; aber dennoch ein Fräulein war. Zu Schulbeginn heizte sie zunächst den gusseisernen Ofen mit dem langen Ofenrohr ein. Danach verschwand sie immer hinter einem Paravan aus schwarzem Blech und weckte damit unsere Neugier. Eines Tages bekamen wir dann mit, dass sie sich im Winter einer warmen Unterhose entledigte – eines sogenannten Liebestöters. Dieses Ritual vollzog sie vor allen Schülern über viele Jahre hinweg bis auf die Abschlussklasse, denn die wurde nämlich vom Rektor persönlich geführt. Immerhin drückten wir mit vierundsechzig Kindern die Schulbänke in meiner Klasse. Gleich nach der Begrüßung wurde als Erstes jeden Tag für die Kriegsgefangenen gebetet. Anschließend mussten wir täglich ihr Lieblingslied: „Wo de Nordseewellen trecken an den Strand" usw. mit sämtlichen Strophen singen. Anfangs gab es im Laufe des Vormittags aus einem großen Kessel eine Milchsuppe - die sogenannte Schwedenspeise - in eine Blechdose hinein. Für diese Zwischenmahlzeit hatten wir uns alle immer gerne angestellt. Bei der täglichen Ausgabe eines Löffel Lebertranes dagegen hatten sich viele drücken wollen und doch mit Widerwillen geschluckt. Das Fischöl wirkte vorbeugend gegen Rachitis, (Vitamin D Mangel) der offensichtlich bestand. Jeden Tag wurden auch Fingernägel und Ohren auf Sauberkeit kontrolliert. In der Rechenstunde war Kopfrechnen stets an der Tagesordnung. Im ersten Schuljahr wurde noch auf der Schiefertafel geschrieben, bevor man mit dem Federhalter zu schreiben begann. Später dann hielt der Füllfederhalter – kurz Füller – den Einzug in die Klasse, und die Kleckserei mit der losen Tinte war endlich vorbei. Ich entwickelte mich schnell zu einer guten Schülerin und konnte viele Fleißkärtchen sammeln, die man für akkurate Hausaufgaben bekam. Besonders hervorgehoben wurden meine Handarbeiten und meine Schönschrift. Da musste ich oft mit meinen Schulheften in andere Klassen gehen, um dort zu zeigen, wie die Hefte am besten auszusehen haben. Diese Vorführung liebte ich eigentlich nicht so sehr; doch hinterher erhielt ich immer als Belohnung einen Mars Riegel aus den Care Paketen. Bekannt war mir die Süßigkeit ja bereits von den Amerikanern aus unserem Evakuierungsort.

Bruder Kurt entpuppte sich ein Jahr später ebenfalls als guter Schüler. Leider machte er sich aber auf unliebsame Weise bemerkbar wegen seiner häufigen Schlägereien auf dem Schulhof. Ständig wollte er seine Kräfte mit anderen Jungen messen. - egal, ob sie rein optisch schon stärker wirkten. Als dann auch noch Bruder Winfried eingeschult worden war, wurde es zu dritt ziemlich eng am Küchentisch, um die Hausaufgaben zu erledigen. Kurzerhand baute Vater einen kleinen Tisch mit einem passenden Stuhl dazu. Unterm Fenster im Wohnzimmer fand die Sitzgarnitur ihren Platz und hätte vom Profi nicht besser sein können. Vater hatte gern mit Holz gearbeitet, denn es war sein Lieblingsmaterial. Eigentlich verständlich war doch sein Vater zeitlebens als Zimmermann berufstätig. Unser Vater war auch in allen anderen handwerklich Dingen sehr geschickt. Das fing an beim Haare schneiden und endete bei Schusterarbeiten; er war sozusagen ein Alleskönner. Aus einem Stück Holz sägte oder schnitzte er mir einmal ein Paar Fußsohlen. Als Halt am Fuß diente ein mehr oder weniger breiter Streifen aus Leder oder Gummi quer darüber. Mit solch primitiven Latschen liefen viele umher und klapperten durch die Gegend. Darum nannte man sie auch zutreffend „Kläpperchen". Ansonsten gingen wir im Sommer sowieso meistens Barfuss. Auf alle Fälle konnten wir uns jetzt bei den Schularbeiten ein wenig mehr ausbreiten. Mein kleiner Bruder Winfried wollte seinen beiden älteren Geschwistern natürlich in den schulischen Leistungen gerne nacheifern, was er auch mühelos schaffte. Bis auf eine kleine Entgleisung war er eigentlich nie unangenehm aufgefallen. Da hatte er doch nach Schulschluss einer Mitschülerin auf dem Heimweg des Öfteren befohlen, dass sie solange zu warten hatte, bis er zu Hause war. Da der kleine Tyrann ihr angeblich noch gedroht hatte, führte sie den Auftrag auch treu und brav aus. Als die Mutter des Mädchens schließlich den

Grund für die vielen Verspätungen erfahren hatte, folgte prompt eine Meldung an die Lehrer und an unsere Eltern. Von beiden Seiten bekam er seine Strafe dafür und hat es auch nie wieder versucht. Die Maßnahmen, die Vater da für angebracht hielt, fanden Bruder Kurt und ich augenscheinlich ziemlich komisch. Er musste nämlich, mit waagerecht ausgestreckten Armen, eine Fußbank so lange wie möglich vor sich hochhalten. Erst, nachdem wir es anschließend selbst probierten, merkten wir rasch, wie anstrengend das Halten auf Dauer werden kann. Mit diesen Erziehungsmethoden begann also Winfrieds Schulzeit; während für mich ein Schulwechsel auf ein Gymnasium zur Debatte stand aufgrund meiner guten Noten. Meine Eltern waren allerdings strikt dagegen, weil ein Besuch der höheren Schule nur den Kindern aus der reichen Gesellschaft vorbehalten war. Auch der Rektor konnte sie nicht umstimmen, obwohl er die Schulgebühren persönlich übernehmen wollte. Vater argumentierte noch, dass die Auslagen für die Bücher auch nicht unerheblich seien – und das Ganze alles mal drei genommen. Selbstverständlich sollten meine beiden Brüder die gleichen Chancen bekommen wie ich. Es wäre wirklich bahnbrechend gewesen, denn ein Kind aus einer Arbeiterfamilie auf einem Gymnasium war noch bis Ende der fünfziger Jahre ein Statussymbol. Genau aus diesem Grunde hatten meine Eltern auch schwerwiegende Bedenken. Für sie passte das einfach nicht zusammen und konnte schon deshalb nicht gehen. So war die bessere Schulausbildung an mir vorbeigegangen, und ich besuchte halt weiterhin die Volksschule. Eigentlich sagte der Name ja bereits alles - nämlich die Schule für das Volk. Ein anderes konkretes Beispiel ist das Wort „Lehre." Man ging in die Lehre, um etwas zu lernen und zu schaffen. Das galt sowohl für die kleinen als auch die großen Dinge gleichermaßen. Eng verbunden war damit immer der Satz: „Ihr Kinder sollt es doch einmal besser haben, und das kann man nur erreichen, wenn man etwas schafft." Durch die Eltern und Großeltern waren die Grundwerte stets gelegt worden, auf die wir Kinder aufbauen konnten. Ihnen Arbeitsmoral und Disziplin beizubringen, bedeutete, sie frühzeitig auf die Anstrengungen ihres zukünftigen Lebens vorzubereiten. Einerseits hieß es immer, dass die Kinder es einmal besser haben sollten; auf der anderen Seite war da immer ein gewisser Zwiespalt zu spüren.

Die Schule bestimmte natürlich nicht allein unser Leben. Da gab es noch die geliebte Freizeit in den Trümmerwüsten. Wir Kinder erlebten hier eine gefährlich schöne Freiheit. Ein Abenteuer jagte das nächste, und wir konnten täglich etwas Neues entdecken. Wir sind sozusagen aus den Trümmern hervorgekommen, denn Spielen an der frischen Luft war die Kindheit. Im gewissen Sinne lebten wir Blagen trotz schwierig – trauriger Zeiten in Märchenzonen. Sämtliche Aktivitäten spielten sich nämlich draußen auf den Straßen, Plätzen und in den Parks ab. So wurde hier Roller gefahren, Rollschuh gelaufen oder Fußball gespielt. Schwimmen lernten die meisten der Kinder in der Ruhr. Man hatte das Gefühl, der ganze Ort war unser Spielplatz, der alles bot, was das Herz begehrte. Bevorzugte Plätze aber waren die Trümmer, die einen gewissen Zauber hatten. Der Alltag im Ruhrgebiet kurzum - unter Tage die Malocher, über Tage die Kinder. Wir hatten damals bereits unbewusst das Vergnügen, auf den Köpfen der Männer indirekt herumzutanzen. Für Erziehung blieb den Eltern da wenig Zeit. Buchstäblich von null auf Hundert nahm der Verkehr dann zu. Der begrenzte nicht nur den Spielraum von uns Kindern, sondern wurde leider auch zum tödlichen Feind – ein gefährliches Unterfangen. Die Kinder auf dem Lande erlebten diesbezüglich eine unbeschwerte Zeit, weil hier selten mal ein Auto über die Dorfstraße fuhr. Auch schätzten die Leute den Überfluss an Nahrungsmitteln, und damit ging es den Bauernfamilien recht gut. Der Glaube auf dem Dorf war weit verbreitet und die Dorfgemeinschaft bot allen Halt. Die Bauern und ihre Höfe aber bildeten den Angelpunkt mit den vielen verschiedenen Tieren zur Freude aller Kinder. Die weiten Wiesen, Felder und Wälder waren dazu ein schier endloser Spielplatz. Die Kindheit auf dem Lande war demnach wild, frei, und voller Fantasie - aber nicht nur ein Idyll. Das friedliche Leben war nicht immer ungetrübt, denn der Krieg raubte auch hier den Kindern ihren Vater. Gerade das Leben auf dem Bauernhof war hart, die Eltern leisteten schwere Arbeit, und auch die Kinder mussten helfen. Sonntags machte man sich noch fein – ob auf dem Lande oder in der Stadt. Wenn dann noch ein Ausflug mit der Familie in der näheren Umgebung stattfand, war das für uns Kinder mehr als langweilig, denn die guten Sachen durften nicht schmutzig gemacht werden. Ansonsten passierte recht wenig, und wir waren froh, wenn der Sonntag endlich wieder vorbei war. Eine willkommene Abwechslung für uns Kinder waren jedoch stets die Prozessionen an den Fronleichnamstagen.

Obwohl ich evangelisch war, half ich überall dort mit, wo Altäre aufgebaut wurden. Am nächsten Tag standen wir dann am Straßenrand und freuten uns, wenn der Pastor unter dem Baldachin an uns Knienden vorbeizog und uns segnete. Die katholischen Gesänge und Rituale waren uns evangelischen Kindern ebenso vertraut wie den Katholiken. Ein schöner Brauch war auch das alljährlich im Sommer stattfindende Gänsereiten auf dem angestammten Platz im Bergmannsbusch. Dabei versuchten Männer während des Reitens, den Kopf einer tot aufgehängten Gans, mit der Lanze abzureißen oder abzuschlagen. Wem das gelang, der wurde bis zum nächsten Jahr der Gänsekönig. Besonders spannend war es jeweils, wenn man einen Favoriten hatte, den man persönlich kannte. Dann gab es für uns kein Halten mehr, und die Begeisterung kannte keine Grenzen mehr. Danach zog der Zug mit allen Beteiligten durch die Steeler Innenstadt mit anschließender Einkehr in die Kneipen. Für Groß und Klein war der Treffpunkt zu einem echten Familienausflug eingeplant worden.

Wirtschaftswunder, als Aldi noch Gründer war

Anfang 1950, zu Beginn des Wirtschaftswunders, brach eine große Fresswelle über uns herein. Besonders begehrenswert waren Fleisch und Torten. Die Lieblingskuchen bei Groß und Klein waren die mit Sahne. Am meisten gefragt aber war eine Buttercreme Torte, denn Butter galt noch immer als Luxusgut. Neckermann eröffnete seinen Versandhandel und machte Luxusartikel für jedermann erschwinglich. Unsere Mutter nahm auch wieder eine Tätigkeit als Verkäuferin in einem Lebensmittelgeschäft auf. Vormittags, wenn wir alle in der Schule waren, ging sie in einen winzig kleinen Laden unten am Steeler Berg. Nebenan befand sich eine Pferdemetzgerei mit der dazugehörigen Gaststätte, die kurz nach dem Krieg Hochkonjunktur im Fleischverzehr hatte. Im kleinen Saal des Restaurants spielte regelmäßig eine Livekapelle zum Tanz auf. In den besten Zeiten fanden die Tanzveranstaltungen sogar an vier Tagen in der Woche statt. Damals hatte ich noch nicht ahnen können, dass ausgerechnet dieses Lokal einst zu meinem Lieblingsplatz werden würde – direkt neben Mutters Arbeitsstätte. Hier wurde sie mittags von der Inhaberin abgelöst, die wenig später das Geschäft an ihren Sohn Karl Albrecht übergab. Dieser

Mann ist heute besser bekannt unter dem Namen Aldi. Es dauerte gar nicht lange, da kaufte er einen leerstehenden Kinosaal auf, bestückte ihn nur noch mit verpackten Lebensmitteln. Nach dem heute noch gültigen Schema lagen die Waren teilweise in primitiven Holzregalen. Ansonsten standen die meisten Kartons einfach auf dem Boden. Der Verkaufsraum sah eher aus wie ein sortiertes Warenlager und hatte rein gar nichts mehr mit dem üblichen Lebensmittelladen zu tun. Damit war also der erste Selbstbedienungsladen entstanden. Wenig später holte er seinen Bruder Theo mit ins Boot. Dass sich daraus einmal ein so großes Imperium entwickeln würde, hatte damals wohl niemand gedacht. Ende der sechziger Jahre gab es bereits zweitausend Supermärkte. Karl Albrecht ist heute - im Jahre 2010 - 90 Jahre alt und mit siebzehn Milliarden einer der reichsten Männer Deutschlands geworden. Ein Beweis dafür, dass die neue Verkaufsstrategie bei allen gut angekommen war. Nur Mutter konnte sich – aus Sicht der Verkäuferin – nicht so recht mit dem Prinzip abfinden. Sie wollte eben nicht nur Waren auffüllen, sondern liebte vielmehr die persönliche Bedienung nach alter Tradition. Das Abwiegen und Einpacken der Waren sowie das Zusammenrechnen auf dem Kassenbon und der Kontakt zu den Kunden waren ihr wichtiger. Darum suchte sie bald eine neue Anstellung und fand sie auch in einem sogenannten Tante Emma Laden. Später arbeitete sie dann noch in der Küche einer alt eingesessenen Gaststätte, in der die Kaltspeisen für den Verzehr bereitgestellt wurden. Ab und zu erledigte sie hier auch Aufgaben für die Wirtsleute in deren privatem Bereich. Man könnte glatt sagen: „Ein Mädchen für alles." Mutter verdiente gerne etwas Geld nebenbei, und obendrein bereitete ihr das Arbeiten auch stets viel Freude.

Tante Änne hatte inzwischen einen neuen Partner mit einem dreijährigen Mädchen kennengelernt. Jeder aber lebte in seiner eigenen Wohnung bis auf die kleine „Gitte." Da ihr Vater berufstätig war, konnte die Kleine bei Tante Änne Unterschlupf finden. Cousine Christel war mächtig stolz auf den süßen Fratz mit den blauen Augen und den blonden Locken. Überall hatte sie das kleine Mädchen mit geschwellter Brust vorgeführt bzw. präsentiert.

Albträume und Fernseher

1952 war das Jahr des beginnenden Konsums. Die Lebensmittel wurden zwar immer noch lose abgewogen und in Spitztüten verkauft – außer bei Aldi – aber das Angebot an Nahrung war täglich vielseitiger geworden. Nur ich besaß immer noch kein eigenes Bett. Mal schlief ich im Wohnzimmer auf der Couch, ein anderes Mal bei den Eltern mit in den Ehebetten. Später dann teilte Vater von der Schräge im Wohnzimmer einen schmalen Streifen ab, sodass ein kleiner separater Raum entstand. Wir bezeichneten den Schlauch nur mit „Kabuff", der eigentlich als Abstellraum und Vorratskammer gedacht war. Die wenigen Vorräte waren noch nicht ganz eingeräumt, da befand sich auch schon ein Feldbett darin, meine neue Schlafstätte. Tagsüber musste es jedes Mal zusammengeklappt werden, damit man an die Sachen gelangen konnte. Für mich war das jedenfalls keine optimale Lösung, denn zusätzlich hatte der Toiletteneimer für die nächtliche Notdurft dort auch seinen Platz gefunden. Meine Brüder benutzten – Gott sei Dank – in ihrem Zimmer auf dem Speicher einen eigenen Eimer. Da ich sowieso sehr hellhörig war, wurde ich viele Male durch die Geräusche in meiner Nachtruhe gestört. Aber um einiges schlimmer waren da die Albträume, die mich jahrelang gequält hatten. Mitten in der Nacht war ich voller Angst und Schrecken schweißgebadet aufgewacht. Es war immer wieder derselbe Traum von der Flucht aus Schorstedt nach Hause. Immer wieder dieselben Bilder, dieselben Schüsse, dieselben Todesschreie von Frauen und aus der Ferne die Geräusche von rollenden Zügen. Nachdem ich realisiert hatte, dass es bloß ein Traum war, spürte ich zunächst einmal eine gewisse Erleichterung. Doch das bedrückende Gefühl, das schwer auf der Seele lastete, blieb ständiger Begleiter. Man musste völlig allein damit fertig werden, weil man von niemandem Hilfe erwarten konnte. Selbst mit den Eltern traute man sich nicht darüber zu reden, denn die Antwort war einem von vornherein schon klar. Sie hatten solche Erlebnisse gerne als Lappalie abgetan mit ähnlichen Worten, wie: „Das wird schon wieder." Deswegen musste oder wollte man stark sein und einen eigenen Weg finden, um den immer wieder kehrenden Traum bzw. Druck zu bewältigen. Es war lange Zeit ein Trauma mit nachhaltigen, furchtbaren Erinnerungen für mich.

Im Jahre 1952 kamen die ersten Fernseher auf den Markt, für die man noch tausend DM hinblättern musste. Zunächst leisteten sich nur einige Wirtsleute diesen Luxus, um damit die Leute anzulocken. Zu unserem Erstaunen kaufte ausgerechnet unsere Oma als erste Privatperson in unserer Umgebung so ein wunderbares Gerät, von dem wir natürlich auch profitierten. Am ersten Weihnachtstag war der offizielle Startschuss der ARD mit der Ansagerin Irene Koss. Fast jeden Samstagabend versammelten wir uns also alle vor dem Fernseher, um sich das Abendprogramm dort anzuschauen. Für uns war damit ein bescheidener Wohlstand ausgebrochen. Als dann der erste Fernsehkoch seine Sendung präsentierte, verpassten wir am Wochentag auch keine Folge. Clemens Willmenroth, der den Toast Hawaii erfunden hatte, brachte mit seinen Gerichten Fernweh in sämtliche Stuben. Die Bevölkerung saugte gierig alles auf und probierte es aus. Als da waren: Die Königinnen Pastete, Schinkenröllchen mit Spargel, selbstgemachte Mayonnaise und den berühmten Party Pilz bestückt mit dekorierten Käsewürfeln. Auf den Familienfeiern, die mehr denn je hoch im Kurs standen, wurden stolz all die kulinarischen Neuigkeiten kredenzt. Durch die beginnende Reisewelle Ende der Fünfziger, mitten im Wirtschaftswunder, erweiterte sich unser Speiseplan hauptsächlich um die italienischen Gerichte. Da kam beispielsweise Melone mit Schinken oder Spagetti mit Ketchup hinzu; obwohl der ja ursprünglich in Amerika zu Hause war.

Im Vordergrund bei den Menschen stand überall die Kommunikation, die man wohl nirgendwo besser ausüben konnte als an der Theke in den Kneipen. Besonders in Steele gab es zahlreiche Gaststätten mit ebenso vielen verschiedensten Biersorten aus noch gut gehenden Brauereien. Bei dem reichhaltigen Angebot fand man noch lange Zeit auch das allseits beliebte Schlegel Bier mit gleicher Schreibweise wie unser Familienname. Oft genug wurden wir daraufhin nach den eventuell möglichen Verwandtschaftsverhältnissen gefragt, die wir leider immer wieder nur verneinen konnten. Damals verdienten die typischen Thekenwirte ihr Geld in erster Linie mit den Getränken. Zusätzlich boten sie einige Kaltspeisen an, die in Kühlschränken zur Schau gestellt wurden. Das Angebot reichte von Mettbrötchen, über kalte Koteletts, Soleiern, Frikadellen, Käsebrote bis hin zu Rollmöpsen. Gelegentlich gab es auch mal eine Bockwurst, eine Ochsenschwanz- oder Gulaschsuppe aus der Küche. Wenn nämlich der Knobelbecher verlangt wurde, konnte man von einem längeren Abend ausgehen. Das Würfeln förderte zweifellos auch den Getränkeumsatz für den Wirt. Es erwies sich aber als das einfachste und schnellste Spiel für die Biertrinker. Um die Kundschaft auf Dauer anzulocken, hatte der Wirt mit einer Bank oder Sparkasse einen Vertrag abgeschlossen. Im Gegenzug hängte der Wirt einen kleinen Tresor auf, der mit vielen Sparkästchen versehen war. Jeder dieser Kästchen hatte eine Nummer und einen Schlitz für den wöchentlichen Geldeinwurf. Alle Gäste, die wiederum mit dem Wirt einen Vertrag schlossen, bekamen dann eine Nummer zugeteilt. Bedingung dabei war, dass man sich einmal in der Woche in der Kneipe sehen lassen musste, um sein Kästchen zu bedienen und gleichzeitig ein Bier oder auch mehr zu trinken. Offiziell bestand zwar kein Verzehrzwang; aber wer begibt sich schon zum Sparen in die Wirtschaft? Das konnte sich ganz allein nur unsere Mutter erlauben, da sie ja an der Quelle gearbeitet hatte. Wer die Regeln, aus welchen Gründen auch immer, nicht einhielt, für den wurde eine kleine Geldstrafe fällig. Der Tresor wurde einmal in der Woche an einem bestimmten Tag von den Angestellten der Bank oder Sparkasse geleert und zinsbringend angelegt. In der Adventszeit war dann jedes Mal Zahltag verbunden mit einem gemütlichen Kneipenfest. Dabei mussten die Zinsen des angesparten Geldes gleich hier verzehrt werden. Das eigentliche Kapital dagegen wurde bar ausgezahlt, obwohl es in vielen Fällen zusätzlich dem Wirt zugutekam. Für manche hatte das nicht einmal gereicht, und die mussten sogar noch drauflegen. Auf diese Art und Weise konnte man damals die Kunden noch binden und den Umsatz steigern. Jedenfalls war es zumindest für die Stammgäste eine angenehme Strategie. Mit dieser Methode wurden gleich mehrere Fliegen mit einer Klappe geschlagen. Das Aufschreiben mit den Strichen auf dem Bierdeckel war übrigens typisch für das Ruhrgebiet und diente zur Erleichterung der Abrechnung. Nach vier senkrechten Strichen wurden diese dann mit dem Fünften schräg durchgestrichen. Wer das Einmaleins beherrschte, oder auch nur die Fünferreihe, der konnte schnell ausrechnen, was er am Ende zu zahlen hatte.

„Glückauf" und Mord

In Verbindung mit der Kommunikation war das Thekenstehen aber ungeheuer wichtig für alle Leute – egal welcher Herkunft. Hier konnte man seine Sorgen für eine gewisse Zeit vergessen und einfach nur den lieben Gott einen guten Mann sein lassen. Gleichzeitig war die Theke stets auch eine sprudelnde Informationsquelle und Austauschbörse von Neuigkeiten. Im Übrigen soll das Bier - vorausgesetzt in Maßen getrunken - sehr gesund sein; demnach müsste man es eigentlich auf Rezept verschrieben bekommen. Man könnte leicht glauben, dass die Leute nichts anderes im Sinn hatten als die Zecherei. Das war aber keineswegs der Fall, denn grundsätzlich spielte eine regelmäßige Einnahme und die Bodenhaftung eine übergeordnete Rolle. Es gab auch noch genug andere Interessen, von denen Skat und Musik an erster Stelle standen. Besonders bei den Bergleuten beliebt war das Züchten von Tauben. Sie waren die Rennpferde des kleinen Mannes und der Ausgleich für die harte Arbeit bzw. Maloche. Die Rationalisierung fand nicht nur bei der Bahn statt, sondern bei der Straßenbahn wurden die Schaffner ebenfalls abgeschafft. Vor allem aber machte man vor den Bergleuten auch keinen Halt. Dadurch stieg die Arbeitslosenquote rasch nach oben. Der Gruß der Männer unter Tage, die immer noch bei uns im Pott die Mehrheit bildeten, waren seltener geworden. Die uns allen vertrauten Worte der Bergleute konnten eigentlich nicht oft genug gesagt werden: Glück auf!

Zurückkommen muss ich aber unbedingt auf das Jahr 1954; speziell auf die Fußball - Weltmeisterschaft in Bern. Deutschland trat gegen Ungarn an, und ganz Deutschland verfolgte das Endspiel irgendwie und irgendwo. Die Wirtshäuser waren total gefüllt, und manche harrten stundenlang vor den Schaufenstern der Elektrogeschäfte aus. Als die deutsche Mannschaft dann noch drei zu zwei gewann, war das legendäre Wunder von Bern geboren. Es herrschte überall ein positiver Ausnahmezustand. Der Zusammenhalt und die Solidarität stärkten das Wirgefühl mehr denn je. Selbst Fußball – Muffel schrien immer wieder: "Wir sind Weltmeister". Ein Taumel von Selbstbewusstsein ging durchs Land, eine Nation jubelte sich das Elend von der Seele. Diese Stimmung hielt aber nicht lange an bei uns, denn sie wurde jäh unterbrochen durch ein schreckliches Ereignis bei Tante Änne. Ihr Partner wollte sie und sein Kind wie gewohnt besuchen und traf im Flur auf den Nachbarn, der ihm den Zutritt verwährt haben soll. Angeblich sei der Freund betrunken gewesen, und es kam zu einer Auseinandersetzung, die zu einem heftigen Streit führte und eskalierte. Tante Änne und den Kindern blieb dieses Spektakel nicht lange vorenthalten. Als sie sich draußen blicken ließen, sahen sie gerade noch, wie der Freund einen kurzen Abhang vor dem Haus herunterfiel. Der herbeigerufene Arzt konnte leider nur noch den Tod feststellen, und der Nachbar wurde gleich festgenommen bis zur Aufklärung des Falles. Noch ehe ein Artikel in der Presse Schlagzeilen machen konnte, verbreitete sich das Geschehen in Windeseile, und die Gerüchte waren unaufhaltsam. Die kleine Gitte musste daraufhin ihre neue Familie schon wieder verlassen und fand zunächst in einem Waisenheim Unterkunft. Tante Änne dachte zeitweilig auch mal an Adoption; aber die eigene finanzielle Notlage bot da keinen Spielraum. Sie führten ja selbst ein zerrissenes Leben und wussten nicht, ob und wie sie aus all dem Schlamassel einigermaßen gut herauskommen würden. Bis unser Rektor, ein Anhänger des Templer Ordens, sich mal wieder einmischte und seine Hilfe anbot. Während der Scheidungsphase hatte er bereits mehrere Gespräche über die Trinksucht mit den Eheleuten geführt. In dem neuerlichen Ermittlungsfall beantragte er vor allen Dingen ein Verhör der Kinder nur in seiner Gegenwart und bereitete Cousine Christel mit Bruder Reinhold auch darauf vor. Am Tatort fanden die Beamten nämlich noch ein Messer, und alles deutete auf einen Mord hin, der den Nachbar schwer belastete. Am Ende stellte sich der Fall doch als Unglücksfall heraus, denn angeblich soll der Bekannte sich bei dem Fall mit dem Messer selbst tödlich verletzt haben. Damit waren die Akte und auch das Dilemma endlich abgeschlossen.

Weihnachten im Wirtschaftswunder

Alle Jahre wieder war Weihnachten – und auch dieses Mal galt – kleine Wünsche großes Glück. Es war immer etwas ganz Besonderes, ein reines Familienfest mit viel Genuss. Ausstecher und Spritzgebäck waren Tradition sowie die ursprünglichen Klöße. Die Freude auf Weihnachten bezog sich hauptsächlich auf den Zusammenhalt in der Familie mit den vertrauten Ritualen. Von Jahr zu Jahr fielen die Festtage aber immer üppiger aus Dank der allgemein wachsenden Wirtschaftslage. Ab 1955 konnten die Wünsche schon besser erfüllt werden, die man sich aber erst verdienen musste. Die Weihnachtsgeschichte war Pflicht und auch das gemeinsame Singen; nur die Herren der Schöpfung hatten sich meist immer noch der Stimme enthalten. Dafür war das Schmücken des Tannenbaumes – das Symbol des Festes – im Allgemeinen Männersache geblieben. Es lief alles nach strengen Regeln und feststehenden Ritualen ab, zu denen festliche Kleidung und der Kirchgang gehörten. Ansonsten war der eher eine lästige Pflicht. Die alljährliche Frage: „Wer bringt denn eigentlich die Geschenke, der Weihnachtsmann oder das Christkind?" Eine eindeutige Lösung konnte nie gefunden werden; und am Ende war uns das sowieso egal – Hauptsache Geschenke – alle Jahre wieder. Weihnachten im Wirtschaftswunder machte sich auch bei uns bemerkbar. Da wurden wir plötzlich mit Geschenken bedacht, die wir uns nie gewünscht oder erträumt hatten. Als totale Überraschung bekam jeder von uns ein Musikinstrument geschenkt. Mir wurde eine Gitarre zugeteilt, Bruder Kurt eine Trompete und Bruder Winfried ein Akkordeon. Wir wussten alle nicht so recht, ob wir uns darüber freuen sollten oder stattdessen lieber etwas anderes gehabt hätten. Jedenfalls nutzte ich die Gelegenheit und nahm Einzelunterricht bei einer examinierten Musiklehrerin, einer alten Jungfer. Einmal in der Woche zog ich nun mit meinem Gitarren – Koffer in die Stadt, um mir Schwielen an den Fingern zu holen. Sobald man die nämlich hatte, machte das Spielen erst richtig Freude, weil die Fingerkuppen dann nicht mehr so schmerzten. Berufsbedingt hatte ich das Spielen leider nach und nach aufgegeben. Bruder Winfried lernte das Akkordeonspielen gruppenmäßig in einer Musikschule. Es bereitete ihm sichtlich Freude, und er hat es auch mehr oder weniger bis heute beibehalten. Nur Bruder Kurt konnte sich überhaupt nicht mit der Trompete anfreunden. Er war von Anfang an empört über dieses Instrument und hatte nie den Versuch unternommen, es zu erlernen. Dafür blies er weiterhin viel lieber auf seiner Mundharmonika, aus der er schöne Melodien erklingen ließ.

Bade- bzw. Waschtag

In der Aufbruchstimmung Mitte der Fünfziger begann für uns Kinder die Schleckerzeit. Vom Wochenlohn gab es schon mal für jeden einen Riegel von der Blockschokolade. Die war am preiswertesten, deshalb wohl auch sandig im Geschmack, aber sie war süß. Gelegentlich durften wir uns ebenfalls ein Eis für zehn Pfennig am Eiskarren kaufen, der regelmäßig durch die Kolonie zog. Das waren immer kurze Momente des Glücks und ließ unsere Herzen höher schlagen. Viel Freude hatten wir auch, wenn ein Drehorgelspieler mit einem kleinen Äffchen vor jedem Haus sein Programm abspielte. Einige der täglichen Geschäfte konnte man sogar auf der Straße tätigen – direkt vor der Haustüre. Da kam zum Beispiel der Gemüsehändler, der seine frischen Waren auf einem „Dreirad" anbot. Das war ein kleiner Lastwagen, vorne mit einem Rad und hinten zwei, ein Führerhaus und eine offene Ladefläche. Diesen Luxus nahmen die Leute gerne an, denn die lästige Anstheherei war längst nicht ganz vergessen. Mit so einem Wagen wurden auch die Kohlen angeliefert und auf der Straße abgekippt. Da galt es, so schnell wie möglich, die zwanzig Zentner in den Keller zu bunkern. Jede helfende Hand wurde dabei gebraucht, sodass auch wir Kinder fleißig mit anpacken mussten. Die Kohlen sollten abends unbedingt im Keller liegen, denn sonst hatte man keine ruhige Nacht zu erwarten. Denn die Angst um das Kohlenklauen war ziemlich groß; außerdem durften sie nicht nass werden, sonst wären sie zu schwer geworden. Das Kellerfenster befand sich nämlich hinter dem Haus, und so konnten wir die Kohlen nur eimerweise in den Keller befördern. Wenn Vater dann abends von der Arbeit heimkam, hatten wir oft schon einen erheblichen Teil davon weggeschafft – eine äußerst anstrengende und schmutzige Angelegenheit. Wir sahen alle aus wie die Bergleute am Ende ihrer Schicht. Danach lohnte sich jedenfalls das zusätzliche Bad in der Wanne; ansonsten war das nur jeden Samstag vorgesehen und mit riesigem Aufwand verbunden. Jedes Mal musste die schwere Zinkwanne sowie der ebenso schwere Zinkkessel hervor geholt und an Ort und Stelle platziert werden. Die Wanne fand ihren Platz auf dem Küchenboden, während der mit Wasser gefüllte Kessel auf dem Ofen erhitzen sollte. Anschließend wurde das heiße Wasser Eimer für Eimer wieder dem Kessel entnommen, um es in die Wanne zu lassen. Selbst zwei starke Leute hätten es nicht geschafft, den schweren - und dazu noch heißen Kessel – vom Herd zu heben. War es dann endlich soweit, ging Mutter meist als Erste in die Wanne, um sich zu reinigen. Wir Kinder folgten unmittelbar hinterher gemäß des Alters, weil niemand der Letzte sein wollte. Zum Schluss war das Wasser nämlich am schmutzigsten und auch nicht mehr ganz so heiß. Dann wurde jeweils der Schmand abgeschöpft, und heißes Wasser kam wieder hinzu.

Genauso problematisch ging es am Waschtag zur Sache, denn man war wirklich einen vollen Tag mit der Wäsche beschäftigt. Zunächst musste sie im Kessel auf dem Ofen erhitzt bzw. gekocht werden. Dann wurde sie erst noch von Hand gewaschen und danach in einer Wanne mit klarem Wasser ausgespült. Anschließend wieder von Hand ausgewrungen, bevor sie endlich aufgehängt werden konnte. Die Lauge der hellen Wäsche wurde dann für die dunkleren Textilien genutzt; und hinterher kamen noch die Arbeitssachen dort hinein. Das Schwierigste dabei aber war immer, den schweren heißen Kessel vom Herd herunter zu bekommen. So half auch hier nur die Methode, nach und nach den Kessel zu entleeren – bis man meinte – ihn heben zu können. Jeder, der gerade anwesend war, hatte dann mit anpacken müssen. Wir Kinder waren meistens nicht greifbar, weil wir vormittags doch die Schule besuchten. In den Fällen fand man stets irgendeine Nachbarin, die zur Hilfestellung bereit war. Gespült hatte Mutter die Wäsche nicht oben im Flur, sondern unten vor dem Haus in der Rinne. Dazu führte oben vom Wasserhahn ein Schlauch durch das Fenster bis unten in die Wanne. Die Wäsche konnte hier besser in fließendem Wasser geschwenkt werden ohne Peutzerei, weil das überflüssige Nass gleich in der Gosse abfließen konnte. Diese Prozedur wiederholte sich dreimal am Tag, und darum kann man sicher verstehen, weshalb man von einem „Waschtag" sprach. Der war sowieso auch immer von schönem Wetter abhängig. Wegen all dieser widrigen Umstände war Mutters häufigster Satz: „Macht euch bloß nicht so dreckig!" Aus damaliger Sicht war das bestimmt berechtigt; obwohl die Mädchen immer eine Schürze trugen, um die Kleidung zu schützen und zu schonen. Damit das Waschen sich auch wirklich lohnte, verwendete man die Schürze sogar von beiden Seiten. So besuchte man auch die ersten Jahre selbstverständlich die Schule. Später gab es eine kleine Erleichterung bei der Wäsche durch eine

Bottichmaschine aus Holz mit einem Schwenkhebel. Der musste allerdings auch noch mit Muskelkraft bewegt werden. Dabei konnte jeder, der gerade anwesend war, seine Kräfte unter Beweis stellen. Das Ausspülen und Auswringen der Wäsche blieb aber immerhin noch eine lästige Tätigkeit, die einige Zeit danach von einer Handmangel ersetzt wurde. Bei der Benutzung musste man das Wäschestück vorsichtig zwischen zwei Walzen einlegen und mit einer Kurbel in Gang bringen. Es gab verschiedene Einstellungen, und so konnte jedes Teil gut ausgepresst werden. Wenn man dabei nicht behutsam agierte, gerieten schnell einmal die Finger ernsthaft in Gefahr. Mit der späteren Einführung einer elektrischen Schleuder war dann wieder eine Erleichterung geschaffen worden. Allerdings musste man die Wäsche noch in mehreren Etappen in die Schleuder einfüllen.

Im Winter wärmten uns Mädchen und Jungen nur lange kratzende Strümpfe, denn lange Hosen kannte die Modewelt noch nicht. Die Kleidungsnot stellte offensichtlich eine große Problematik dar, weil alle Leute irgendwie gleich erbärmlich aussahen. Wohl dem, der eine Nähmaschine besaß und nähen konnte. Unsere Mutter zeigte leider kein Geschick für jegliche Handarbeit. Dafür hatten wir aber unsere Tante Änne, die hin und wieder etwas für uns erstellte. Dabei erinnere ich mich genau noch an einen Mantel aus neuem Wollstoff in Kaiserblau. Ebenso stolz war ich auf meine nagelneuen roten Lederstiefel, an denen außenseitig jeweils zwei Herzen herunter bammelten. Cousine Christel trug den gleichen Mantel – nur in einer anderen Farbe. Wir fühlten uns beide todschick und wurden deswegen von allen bewundert und auch beneidet. Diesen entscheidenden Vorteil hatten eben nur die Familien, die eine Nähmaschine besaßen. Da ich ja sehr gut handarbeiten konnte, dauerte es nicht lange, bis bei uns eine solche angeschafft wurde. Seitdem hatte ich sämtliche Näharbeiten für die ganze Familie ausgeführt; angefangen von Flickarbeiten über Änderungen bis hin zu neuen Sachen erstellen. Dadurch wurde die Kleiderwahl allmählich verbessert und die Freizeit sinnvoll genutzt. Es gab aber noch viele andere Möglichkeiten, mit denen wir uns beschäftigen konnten. So waren wir drei Kinder zum Beispiel in einem Turnverein, aus dem wir mit guten Leistungen hervorgingen. Bei einer Meisterschaft in Essen belegte ich einmal den zweiten Platz im Boden- und Geräteturnen und wurde zur Vizemeisterin gekürt. Meinen beiden Brüdern bereitete die

Art der Bewegung ebenso viel Freude. Mit dem Älterwerden wechselte Bruder Kurt dann zum Judosport über und war auch hier mit Begeisterung dabei. Aber richtig gefangen genommen hatte ihn als Kleinkind immer wieder aufs Neue ein Kasperle Theater. Sobald irgendwo eine Veranstaltung angekündigt wurde, dann zog es ihn unbedingt dort hin. Der Kaspar, der ja stets siegte, war deshalb sein bester Freund und sorgte bei ihm für eine kleine heile Welt. Eine andere Abwechslung brachten die Stummfilme mit Pat und Paterchon, die ab und zu in unserem ehemaligen Kindergarten für fünfzig Pfennig angeboten wurden. Wir waren die glücklichsten Kinder, wenn wir manchmal daran teilnehmen durften. Auch die Belustigungen mit Dick und Doof waren nicht nur riesengroß sondern noch lange nachhaltig. Besonders viel Spaß hatten wir aber immer wieder mit unseren Kleintieren zu Hause. Anfangs hatten wir niedliche weiße Mäuse gefolgt vom Wellensittich „Korki", der sogar drei Wörter hintereinander als Satz sprechen konnte. Danach hielten wir uns nur noch Kanarienvögel, die alle „Hansi" hießen, und uns durch ihren herrlichen Gesang erfreuten.

Abenteuerspielplatz in den Trümmern

Die meisten Spiele fanden jedoch draußen in den Trümmern statt auf unserem Abenteuerspielplatz. Es war nicht immer ungefährlich, aber es wurde schweigend akzeptiert – genauso wie das Baden im Sommer in unserem Badeparadies an der Ruhr. Schwimmen zu lernen bei einem Bademeister war reiner Luxus, also nur etwas für die Reichen. Harmlos dagegen waren alle Ballspiele. An erster Stelle stand selbstverständlich der Fußball. Wer den besaß, hatte gleich zwanzig Freunde um sich herum. Ich konnte besonders gut mit fünf gleich großen Bällen jonglieren; entweder in der Luft oder an der Wand. Es dauerte relativ lange, bis mal ein Ball zu Boden fiel. Geschickt war ich auch im Rollschuh laufen, Seilspringen und Knickern. Mit einer Murmel hatte ich begonnen, und am Ende waren mehrere Säckchen voll davon. Am wertvollsten fand ich natürlich die Glasmurmeln wegen der schönen bunten Farben. Die Kugeln hatte ich darum auch nie zum Spielen eingesetzt sondern viel lieber gesammelt. Dann gab es noch das Geschicklichkeitsspiel Diabolo und den Hula - hup Reifen. Mit rhythmischen Hüftschwingungen setzten wir gleich mehrere davon in Bewegung. Hierbei waren wir Mädchen den Jungen weit überlegen. Des Weiteren gab es viele Kreis- und Hüpfspiele sowie Kreisel und Pitschendop laufen lassen. Die Gemeinschaftsspiele Völkerball, Räuber und Gendarm oder Verstecken bereiteten uns Kindern immer den meisten Spaß. Den Höhepunkt aber bildeten die Schützenfeste, die einmal im Jahr für uns Kinder veranstaltet wurden. Singend zogen dann alle mit einem Königspaar durch die Straßen und wurden danach von den Erwachsenen mit Kakao und Kuchen auf irgendeinem Hof bewirtet. Auch ich hatte einmal das Glück, eine Königin spielen zu dürfen. Wochenlang vorher begann man bereits mit der Bastelarbeit, denn es wurde alles Selbst angefertigt. Die Krone schnitt man aus einem goldenen Bogen aus, das weiße Kleid bastelte man aus Krepp – Papier, und als Schleier diente eine alte Gardine. Es war soweit alles Perfekt, nur mein König war ein Kopf kleiner als ich. Trotzdem war der Tag zu einem unvergesslichen Erlebnis geworden. Mit dem Herbst kam dann die Zeit für die selbst gebastelten Drachen, die mal mehr oder weniger gut in die Lüfte aufstiegen. Die Brett- und Kartenspiele jeglicher Art sparte man sich eher für den Winter auf. Wir Kinder konnten sogar Schach und Skat spielen – also auch anspruchsvollere Sachen.

Hauptsächlich aber wurde der Alltag von dem Schulbesuch beherrscht. Eine Pflicht, die für mich als vorbildliche Schülerin, keinerlei Schwierigkeiten bereitete. Deshalb wurden mir auch oft andere Aufgaben zugeteilt. So durfte ich zum Beispiel mit einer Mitschülerin die Schulbibliothek führen. Dazu gehörten Karteiführung, Ein- und Ausgabe sowie Einbinden der Bücher mit einem durchsichtigen Schutzumschlag. Der Klassiker unter anderen war damals „Emil und die Detektive" von Erich Kästner. Begehrt waren auch immer die Begehungen in Gottes schöner Natur während des Naturkundeunterrichtes. Anschaulich lernten wir so direkt vor Ort sämtliche Bäume und Sträucher kennen. Das war stets ein großartiges und zugleich spannendes Erlebnis. Der Höhepunkt allerdings sollte ein Schulausflug mit dem Bus zur Müngstener Brücke und Schloss Burg werden. Reiseproviant und ein kleines Taschengeld nahmen wir von zu Hause mit. Doch bei meiner ersten Fahrt überhaupt wurde mir leider andauernd übel. Erschreckend kam noch hinzu, dass man mir mein Taschengeld gestohlen hatte. Trotz intensiver Bemühungen seitens der

Lehrer konnte der Übeltäter aber nie festgestellt werden. Während alle Kinder sich Kleinigkeiten an Süßem kaufen konnten; stand ich nun da mit leeren Händen. Das war ein Moment, in dem man plötzlich zu einem Außenseiter wurde. Obwohl alle Kinder aufgefordert waren, mir doch etwas abzugeben, zeigte sich nur meine Schulfreundin Renate außerordentlich kameradschaftlich und teilte mit mir. Vielleicht war sie gerade deshalb meine Freundin, weil sie sich mir gegenüber immer als großzügig erwies. Ihr fiel das Lernen nie leicht, war aber stets dankbar, wenn ich ihr des Öfteren bei den Hausaufgaben half. So beruhte das nette Miteinander doch meist auf Gegenseitigkeit, und der gerechte Ausgleich war geschaffen.

Ich besuchte Renate gerne in ihrem Zuhause, weil es dort sehr rustikal zuging; vor allem am Geldtag einmal in der Woche. Dann brach sozusagen der Tisch, denn es gab alles an Essenswaren, was man nur kaufen konnte. Für mich war das jedes Mal ein Festtag, und ich fühlte mich wie im Schlaraffenland. Sobald das aber verzehrt war, mussten sie auch oft genug bis zum nächsten Geldtag darben. Sie lebten quasi von der Hand in den Mund – im wahrsten Sinne des Wortes – und kannten nicht einmal Essgeschirr. Wie gewöhnlich kam der Topf oder die Pfanne in die Mitte des Tisches, und jeder bediente sich mit Löffel oder Gabel daraus. Bei uns dagegen herrschte stets Ordnung und alles ging gesittet zu. Genau diese Art mochte Renate lieber und war aus dem Grunde gerne bei uns zu Besuch. Einmal durften wir sogar bei ihrer alleinstehenden Tante im Nachbarort eine Nacht verbringen und uns von ihr verwöhnen lassen. Das erste Mal allein von zu Hause weg – welch ein Freiheitsgefühl. Ein anderes Ereignis bei Renate spielte sich eines Nachmittags auf deren Hof ab. Sie hatten zunächst im Stall ihr Schwein vermisst und entdeckten es dann quiekend in der vollen Jauchegrube. Der ältere Bruder zögerte nicht lange und sprang dort hinein, um das Tier zu retten. Als er es aber nicht schaffen konnte, wurden beide schließlich von der Feuerwehr aus der misslichen Lage befreit. Erst nach der großen Reinigung war allen Beteiligten bewusst geworden, dass es auch anders hätte ausgehen können. Wie sagt man in einem Glücksfall noch? „Schwein gehabt."

Dafür hatten wir einmal in unserem Plumpsklo eine Ratte. Ich weiß nicht mehr, wer gerade mit dem Po auf dem Loch saß, als das Tier hochsprang. So etwas blieb natürlich nicht lange geheim. Von Stund an sind wir nicht eher wieder auf die Toilette gegangen, bis die Kuhle total entleert worden war. Selbst danach benutzte man das Klo noch mit einem mulmigen Gefühl. Die Toiletten in der Schule, die sich hinter dem Schulgebäude befanden, waren oftmals auch ekelerregend. Da tummelten sich dann enorm viele, kleine, dicke, weiße Würmer mit braunem Kopf überall herum. Unter diesen Umständen hatte man es nach Möglichkeit vermieden – müssen zu müssen – oder sein „Geschäft" zu erledigen. Dabei fällt mir auch wieder ein, dass ich einmal einen Bandwurm in mir hatte. Das machte sich bemerkbar, als ich eines Tages auf dem Eimer saß, und mir etwas am Po bammelte. Furchterregend rief ich meine Mutter um Hilfe; doch für solche Fälle war dann Vater zuständig. Der fasste den Wurm an, zog ihn vorsichtig heraus, um ihn bloß nicht abzubrechen. Wichtig dabei war angeblich, dass der Kopf mit nach draußen befördert wurde. Ich war jedenfalls beruhigt, dass der Wurm erst einmal sichtlich beseitigt worden war – und das tat gut. Ob danach noch eine Wurmkur folgte, ist nicht mehr in meiner Erinnerung geblieben. Geradezu burschikos entledigte man sich der wackeligen Zähne. Dafür benötigte man keinen Zahnarzt, sondern lediglich einen Bindfaden. Der wurde mit dem einen Ende an dem betroffenen Zahn befestigt, während das andere Ende an der Türklinke einer halb geöffneten Türe angebunden wurde. Beim Schließen war dann hoffentlich der Zahn draußen. Mir schien die Methode zu brutal, und ich wartete lieber so lange, bis der lockere Zahn von alleine ausgefallen war. Für immer aber hat sich in meinem Gedächtnis die Begebenheit mit einer Tabakpflanze festgesetzt. Vater hatte nämlich draußen auf der Fensterbank Jungpflanzen herangezogen, von denen eines Tages einige Blätter an einer Pflanze abgeknickt waren. Nachdem er meine beiden Brüder bereits gefragt, und die verneint hatten, geriet ich dann in Verdacht. Selbst als ich meine Unschuld mehrere Male beteuerte, schlug er immer wieder heftig auf mich ein und beschimpfte mich als Lügnerin. Ich wusste gar nicht, wie mir geschah, weil ich wirklich völlig unschuldig war. Da hatte ich zum ersten Mal gespürt, wie es ist, wenn man zu Unrecht bestraft wird. Man ist total wehrlos in so einer Situation, aus der mich Mutter mit den Worten an Vater gerichtet letztendlich gerettet hatte: „Nu stell dich bloß nicht so an wegen einer Tabakpflanze". Wenn schon kein menschliches Wesen dahinter steckte, so konnte es doch auch ein himmlisches Kind – der Wind - gewesen sein. Wie dem auch sei, ich konnte diesen Zwischenfall nie vergessen. Gut erinnern kann ich mich auch noch an ein eher harmloses Gewitter, als plötzlich der Blitz bei uns einschlug. Es gab einen fürchterlichen Knall, sämtliche Schalter und Leitungen lagen schwarz verbrannt offen auf der Wand, und ich habe seitdem Angst vor jedem Gewitter. Dabei fürchtete ich mich paradoxerweise mehr vor dem Knall als vor dem Blitz. Als Kind hatte ich mich dann jedes Mal in die dunkelste Ecke verzogen und die Ohren zugehalten. Mit den Jahren hat sich die Furcht einigermaßen gelegt, und ich kann besser damit umgehen.

Schwere Erkrankung von Bruder Kurt

Beinahe hätte ich doch vergessen zu erwähnen, dass Bruder Kurt wochenlang bzw. Monate mit schwerem Gelenkrheuma im Krankenhaus lag. Die Krankheit ließ ihn völlig steif werden und sämtliche Gelenke waren dick angeschwollen. Für die Ärzte war die Behandlung eine Gratwanderung, weil die Medikamente eigentlich nur für Erwachsene zur Verfügung standen. Man rechnete bereits mit bleibenden Schäden wegen der ungewissen Dosierung. Glücklicherweise hatten die Ärzte die richtige Wahl getroffen, denn Bruder Kurt konnte ohne jegliche Beeinträchtigung auf Dauer die Krankheit vergessen. Nur in der Schule hatte er deswegen viel versäumt, sodass man sogar eine Wiederholung des Schuljahres in Betracht zog. Aber schließlich hatte er den Anschluss auch so noch gut geschafft und durfte weiterhin in seiner Klasse bleiben. Weniger optimal verlief dagegen die Krankengeschichte einer lieben Mitspielerin aus der Nachbarschaft. Das Mädchen hatte einen angeborenen Herzfehler und durfte deshalb an keinerlei sportlichen Aktivitäten teilnehmen. Für sie war immer nur Schonung angesagt bis zur rettenden Operation. Als die dann endlich anstand, war sie noch vor dem großen Eingriff aus lauter Aufregung an ihrem Herzleiden verstorben. Wir

Kinder sind daraufhin jeden Tag zur Leichenhalle gelaufen, in der sie bis zur Beerdigung in einem Kindersarg aufgebahrt lag. Nacheinander riskierte jeder von uns einen Blick durch das Schlüsselloch. Die Betrachtung war stets eine befriedigende und zugleich aufregende. Herausforderung und etwas ganz Natürliches für uns, denn der Tod hatte unser Leben doch ständig begleitet.

Da ich eine gute Schülerin war, hatte ich auch kein Defizit, wenn ich mal nicht am Unterricht teilnehmen konnte. Oft wurde ich nämlich mit anderen Aufgaben beauftragt, die für mich immer für Abwechslung sorgten. Es kam einige Male vor, dass ich bei Abwesenheit der Lehrerin, in eine untere Klasse geschickt wurde, um die Kinder vorübergehend zu beaufsichtigen. Das war stets ohne nennenswerte Zwischenfälle prima abgelaufen; aber nicht durch meinen Verdienst, sondern zweifelsfrei durch das Verhalten der lieben Kinder. Im Erdkundeunterricht, so hieß es damals noch, musste ich meistens vorne auf der großen Landkarte mit dem Zeigestock das Erzählte des Lehrers spontan nachvollziehen. War mal wieder eine Vorlesestunde angesagt, teilte ich die Aufgabe gerne noch mit einer Mitschülerin, denn nach einer gewissen Zeit waren Mund und Hals völlig ausgetrocknet. Der Sportunterricht war nie eine konstante Angelegenheit, weil es einmal von den örtlichen Gegebenheiten abhing; und zum anderen vom Wetter beeinflusst wurde. Da unsere Schule weder Turnhalle noch Sportplatz besaß, fanden die meisten Aktivitäten auf dem Schulhof statt. Mächtig stolz war ich auf den Einsatz in der Fußballmannschaft bei den Jungen – als einziges Mädchen. Bei offiziellen Sportfesten waren wir dann auf andere Schulen oder Sportplätze ausgewichen, die sich nicht gerade in der Nähe befanden. Während die Jungen Sport trieben, wurden wir Mädchen in Hauswirtschaft unterrichtet, oder es stand das Fach Handarbeiten auf dem Stundenplan. Wesentlich mehr Spannung löste bei uns allen die Einführung in Sexualkunde aus. Allerdings fand der Unterricht streng getrennt für Jungen und Mädchen statt. Ab und zu besuchten wir auch zu Leibesübungen, wie das Fach früher bezeichnet wurde, eine weiter entfernte Schule. Doch zum Turnen kam es leider kaum, weil der lange Fußweg die Zeit bereits in Anspruch nahm. Es war aber überhaupt nicht schade, denn der Weg dorthin diente ebenso der sportlichen Betätigung. Viel wichtiger war uns sowieso das anschließend gemeinsame Duschen, denn so konnte man sich das umständliche Baden am Samstag zu Hause ersparen. Zeitweise hatte ich auch eine Schulfreundin, dessen Vater als Hausmeister in einem Krankenhaus arbeitete. Das gab uns beiden die Gelegenheit, dort im Keller, einmal in der Woche, ausgiebig zu baden. Die Wannen waren so groß, dass wir sie gleich zu zweit bestiegen hatten. Wenn der Weg nicht so weit gewesen wäre, hätten wir gerne davon öfter Gebrauch gemacht. Etwa im Alter von zwölf Jahren war eines Tages in der Schule die Pockenschutzimpfung angesagt, die durchweg alle Kinder erhielten. Nur mir wurde keine gegeben, weil ich die Erstimpfung, wahrscheinlich wegen der Kriegswirren, nicht erhalten hatte. Aus welchen Gründen auch immer, im ersten Moment war ich regelrecht enttäuscht über das Versäumnis. Obwohl ich damals noch gar nichts um die Bedeutung der Impfung wusste, fühlte ich mich doch in irgendeiner Weise benachteiligt. Das hatte sich später auch dadurch bestätigt, dass mir die Einreise in den von Pocken betroffenen Ländern verwehrt worden war. Eine Einschränkung, mit der ich bis heute aber gut leben konnte, denn es gab ja noch genügend andere Länder zu bereisen.

Dank unseres vorbildlichen Rektors nahm unsere Schule in allen anderen Dingen stets eine Vorreiterrolle ein. So waren wir weit und breit die erste Volksschule, die den Englischunterricht eingeführt hatte mit einem echten Engländer. Der war anscheinend vom Krieg hier in Deutschland hängen geblieben und durch und durch ein richtiger Kommisskopf mit allen Manieren. Jeden Tag erschien er in kompletter Uniform, einem gefleckten Tarnanzug mit Stiefeln und Kopfbedeckung. Anfangs belächelten wir nur seinen Aufzug und hatten es eigentlich auch so akzeptiert. Bis eines Tages ein Schüler aus unserer Klasse ihn in einer Pause kopfüber in eine volle Regentonne steckte. Die Folgen wären für jeden anderen Schüler schwerwiegend gewesen; nicht jedoch für diesen. Der hatte bereits in sämtlichen Schulen der Umgebung Hausverbot wegen seines rüpelhaften Benehmens, und unser Rektor wollte ihm unbedingt noch eine Chance geben. Der Taugenichts brachte auch einmal unseren Musiklehrer so zur Weißglut, dass der den Jungen kurzerhand mit beiden Händen an den Klamotten im Rücken packend aus dem offenen Fenster hielt. Uns Kindern stockte der Atem, denn wir befanden uns im zweiten Stock. Zum Glück reichten die Kräfte aber aus, um den Bösewicht doch nicht fallen zu lassen. Bruder Kurt konnte den Rüpel absolut nicht ausstehen wegen einer ganz anderen Unart, die er ständig an den Tag legte. Er prahlte nämlich unheimlich gerne mit dem Reichtum seiner Eltern, die tatsächlich einiges vorzuweisen hatten. Immerhin gehörten ihnen alle Häuser der Koloniestraße, in der auch wir wohnen durften. Außerdem führten sie eine gut gehende Bäckerei mit Laden, bei denen wir täglich unser Brot einkauften. Sie zählten zwar zur besseren Gesellschaft, waren aber nicht gleich auch die besseren Menschen. Von der Angeberei des Sohnes ließ Bruder Kurt sich viel zu oft provozieren, sodass es häufig zu harten Zweikämpfen kam. Die beiden Streithähne ließen nicht eher voneinander, bis einer irgendwo blutete. Obwohl der „Dicketuer" augenscheinlich wesentlich kräftiger aussah, ging Bruder Kurt meist als Sieger hervor dank seiner Geschicklichkeit. Unser Brot hatten wir aber weiterhin bei ihnen gekauft, weil wir auf sie angewiesen waren, denn es gab keine andere Bäckerei in unserem Umkreis. Da Brot als ein Hauptnahrungsmittel galt, verbrauchten wir jeden Tag ein großes Graubrot. Wenn es ofenfrisch war, sind wir damit sogar nicht ausgekommen, da wir es bereits unterwegs angeknabbert hatten, denn es schmeckte so viel leckerer. Damit unser Sättigungsgefühl aber eher gestillt werden konnte, wurde uns Kindern immer wieder aufgetragen, nur Brot vom Vortag einzukaufen. Die Milch war ebenso eine außerordentlich gute Nahrungsquelle, mit der man vielerlei Gerichte herstellte, oder es einfach als Getränk nutzte. So wurden wir Kinder täglich mit der Kanne in der Hand geschickt, um sie füllen zu lassen; gab es doch noch keine abgepackten Waren. Zunächst tranken wir erst einmal großzügig einen Schluck von der Milch ab, bevor wir dann die Kanne in schnell kreisenden Bewegungen durch die Luft schleuderten, ohne dabei einen Tropfen zu verlieren. Wenn uns das nicht immer so gut geglückt wäre, hätte uns bestimmt ein großes Donnerwetter erwartet, das uns – Gott sei Dank – erspart geblieben war. Eine andere Grundnahrung bildete auch die Kartoffel, die bei jeder Mahlzeit zum Einsatz kam; vom Frühstück bis zum Abendessen. Unsere Mutter half jedes Jahr den Bauern bei der Kartoffelernte für deftige Bauernbrote mit Tee. Gegen Abend durften wir Kinder dann alle mit zur Nachlese für den eigenen Bedarf. Selbst winzig kleine Kartoffeln wurden aufgesammelt und zum Verzehr gleich mit Schale gekocht und gegessen. Ansonsten gab es nur Futterkartoffeln auf Schein, und der Verbrauch pro Kopf betrug immerhin 250 Kilogramm im Jahr. Es hatte übrigens zehn Jahre gedauert, die Mondlandschaften auf den Feldern zu beseitigen und wieder fruchtbar zu machen. Gefreut haben wir uns auch jedes Mal über die sogenannten „Hasenbrote." Das waren die alten Butterbrote, die Mutter von der Feldarbeit oder Vater von der Arbeit mit nach Hause brachte.

„Schnapsbrennen" im Wohnzimmer

Unweigerlich fällt mir immer wieder folgende Episode von Onkel Hans ein: Er hatte die Gelegenheit sich die Sachen auszuleihen, die man zum Schnapsbrennen benötigt. Gesagt, getan – obwohl es streng verboten war. Eines Abends fand der Versuch bei uns im Wohnzimmer statt. Es konnte kaum verheimlicht werden, denn der starke Geruch von Alkohol verbreitete sich bald in allen Räumen. Vom vielen Probieren waren alle Beteiligten am Ende dann mehr oder weniger dermaßen betrunken, dass ihnen der Spaß daran erst einmal vergangen war. Besonders qualvoll gelitten hatte unsere Mutter und geschworen, nie mehr einen so miserablen Fusel zu sich zu nehmen. Offensichtlich fehlte Onkel Hans noch die nötige Erfahrung zum Brennen, denn Übung macht bekanntlich den Meister. Die folgenden Versuche wurden demnach auch immer besser; aber Mutter hatte sich tatsächlich nie wieder zum Probieren verleiten lassen. Da lob ich mir doch eher den Streich mit oder an unseren Hühnern im Gehege hinter unserem Haus. Irgendeiner von uns Kindern kam plötzlich auf die blödsinnige Idee, dem Federvieh mal Alkohol ins Trinkwasser zu geben. Die Wirkung ließ zwar etwas auf sich warten, aber dann bot sich uns ein Anblick, der zugleich belustigend als auch beängstigend wirkte. Sie flatterten laut gackernd durcheinander; sprichwörtlich wie wild gewordene Hühner. Die Gaudi wurde uns schließlich unheimlich, weil wir nicht wussten, ob die Belustigung ein gutes Ende nehmen würde. Zu unserem Glück hatten alle Tiere überlebt und die Strapaze gut überstanden. Eine berechtigte Strafe blieb nur deshalb aus, da die Eltern von dem Spektakel nichts mitbekommen hatten, und wir lange Zeit darüber schweigen konnten.

Es war fast schon zur Tradition geworden, dass wir Enkelkinder uns jeden Sonntagvormittag bis zum Mittagessen bei den Großeltern trafen. Obwohl wir ständig von Oma ermahnt wurden, herrschte hier eine gewisse heimische Atmosphäre. Die Sprache hier traf direkt des Pudels Kern und war typisch für die Mentalität und der jeweiligen Stimmung.

Eines Tages fiel uns gleich auf, dass Oma die hölzernen Armlehnen ihrer Sessel umhäkelt hatte, damit sie vor unseren Fingerflecken geschützt wurden. Ebenso schonend durften wir Schubladen und Schranktüren nur an den Griffen anfassen zum Öffnen; zu dem ging immer noch eine vorherige Erlaubnis voraus. Eine Schublade aber blieb lange Zeit völlig tabu für uns Kinder. Unsere Fantasie um den geheimen Inhalt kannten kaum noch Grenzen. Die Neugier steigerte sich von Mal zu Mal, bis unser Drängen endlich Erfolg hatte. Oma persönlich öffnete die Schublade, und zu sehen war eine Querflöte von Opa, die er einst angeblich spielen konnte. Daraufhin drängten wir ihn gleich zu einer Kostprobe, doch die gab es leider nie. Oma holte das gute Stück nicht einmal aus der Schublade heraus. Wie gerne hätten wir es doch in unseren Händen gehalten und eventuell ausprobiert. Nach einem letzten Blick war die Schublade aber ganz schnell wieder zu. Unsere Neugier war damit zwar befriedigt, aber nicht unsere unerfüllten Hirngespinste, denn irgendwo fehlte da die Spannung. Geblieben bei uns Kindern waren letztendlich Zweifel, ob Opa überhaupt jemals das Instrument gespielt hatte. Ein anderer Anziehungspunkt bei den Großeltern war unumstritten die Toilette mit Spülung. Mindestens einmal erledigte hier jeder sein Geschäft; obwohl alle immer wieder daran erinnert wurden, vorsichtig an der Strippe zu ziehen. Selbst mit empfohlener Bedienungsanleitung von Oma funktionierte die Spülung oft genug nicht einwandfrei, dass jedes Mal ein Dilemma auslöste. Trotz all dieser wiederkehrenden Ermahnungen gab es auch viele schöne Dinge zu erleben. Vor allem hatte Oma immer Zeit für uns, - im Gegensatz zu den Eltern - stets zwei offene Ohren, konnte gut zuhören, aber auch selbst viele interessante Geschichten erzählen. Angefangen von ihrer Familie, bis hin zur Schwärmerei vom „Alten Fritz" oder Kaiser Wilhelm, und den damaligen Währungen. Die Jungen fanden das auf Dauer nicht so spannend und zogen sich nach und nach zurück. Nur Cousine Christel und ich freuten uns weiterhin auf den Sonntag bei Oma, denn hier war immer einiges los. Während Opa bloß in seinem Sessel saß und seine Pfeife rauchte, brachte Oma jeden Sonntag ihre Haare in Form. Mit einer speziellen Schere, die im offenen Feuer heißgemacht wurde, konnte man dann Wellen in die Frisur bringen. Dabei war aber äußerste Vorsicht geboten, denn sonst waren die Haare schnell verbrannt. Spätestens, wenn es unangenehm roch, war das Eisen zu heiß geworden und das Malheur passiert. Das Gezeter blieb natürlich nicht aus, und die ganze Prozedur nannte man Ondulieren. Doch recht spannend wurde es auch, als Onkel Hans und Tante Gisela, die ja noch zu Hause lebten, aufgestanden waren. Gerne sahen wir ihnen beim Waschen zu, denn alles fand notgedrungen in der guten Stube statt. Wir warteten mit Ungeduld auf ihre Erzählungen vom Samstagabend. Das war nämlich der Tag, an dem vor allem die noch Ledigen zu ihrem Vergnügen ausgingen. Onkel Hans ließ sich regelrecht die Wörter aus der Nase ziehen während seiner Körperpflege, weil er sich mehr auf die Reinigung seiner Augen konzentrierte. Die schwarzen Augenränder vom Pütt wurden jeden Sonntag gründlich mit irgendeinem Fett behutsam beseitigt. Zudem waren seine Kneipenbesuche für uns Mädchen nicht so aufregend wie die Aktivitäten von Gisela. Sie konnte gut Boogie Woogie tanzen und zog jeden Samstag, meistens mit ihrem festen Partner, von Saal zu Saal und ließ die Beine fliegen. Ob beim Turnier- oder Schautanzen, bei allen Wettbewerben legten sie eine flotte Sohle aufs Parkett und brachten die Bühnenbretter zum Beben. Sie begeisterten nicht nur das Publikum, sondern auch die Presse und ertanzten sich einige Male sogar die vordersten Plätze mit etlichen Preisen. Cousine Christel und ich waren mächtig stolz auf unsere nur vier Jahre ältere Tante; zumal wir doch alles aus erster Hand erfahren durften. Natürlich hatten wir versucht in ihre Fußstapfen zu treten, nahmen deshalb jede Gelegenheit zum Üben wahr, kamen aber nie an ihre Leistung heran.

Oma nahm das Gewusel um die herum meist gelassen hin. Nur der Kirchgang, besonders aber an Feiertagen, der war ihr sehr wichtig bzw. heilig. Einst lud sie uns Enkelkinder deswegen an Weihnachten auch in die Christmette ein. Erst waren alle mit Begeisterung dabei, doch am Ende machten einige der Jungen einen Rückzieher. Das bedeutete nämlich, mitten in der Nacht aufzustehen, sich warm anzuziehen, um dann durch die eisige Kälte und den Schnee zu stapfen, denn weiße Weihnachten waren fast immer garantiert. Gut gerüstet machten wir uns also auf durch die dunkle Nacht zur Kirche in die Stadt. Es lag so ein geheimnisvolles Gefühl in der Luft; ähnlich so muss es in der Weihnachtsgeschichte gewesen sein, die dann auch in der Messe feierlich zelebriert wurde. Für uns Evangelisten war das ein einmaliges Erlebnis und bot uns genug Gesprächsstoff für den Heimweg. Beseelt und voller Vorfreude auf die kommende Bescherung versuchten wir, noch bis zum nächsten Morgen zu schlafen. Die Geschenke gab es sowieso nur von den Eltern und hielten sich bekanntlich in Grenzen. Deshalb hatte es mich um so mehr gewundert, als ich einmal - wie aus heiterem Himmel – von der Oma ein Fingernagel – Etui aus echtem, rotem Leder erhielt. Die Farbe ist zwar ein wenig abgegriffen, aber ich benutze es heute noch regelmäßig und halte es so lange wie möglich in Ehren.

Von unserer anderen Oma in Gladbeck habe ich aber auch eine kleine Geschichte zu erzählen. Cousine Christel und ich durften zum ersten Mal selbständig, ganz ohne Begleitung von Erwachsenen, mit öffentlichen Verkehrsmitteln unsere Oma besuchen. Stolz wie Oskar fuhren wir zuerst mit der Straßenbahn nach Essen zum Porsche- oder Limbecker Platz, um hier umzusteigen. Gerade angekommen stürzte Cousine Christel vor lauter Aufregung aus der Bahn und hatte sich das rechte Knie blutig aufgeschlagen. Ausgerechnet jetzt, was sollten oder konnten wir tun? Wir ignorierten den Zwischenfall einfach und nahmen die nächste Linie nach Gladbeck. Endlich einigermaßen gut bei Oma angekommen, bekam sie erst einmal einen Schreck. Dann leistete sie rasch Erste Hilfe und versorgte die Wunde aus ihrer Hausapotheke, verwöhnte uns mit Stampfkartoffeln und einer heißen Tasse Kakao. Bevor es wieder nach Hause ging, bereitete sie uns noch Butterbrote zu. Von wegen Butter oder Margarine, stattdessen befeuchtete sie die Scheiben mit Wasser, damit der darauf gestreute Zucker auch Halt fand. Anscheinend hatte sie kein Fett im Haus, sondern nur den Zucker, der ihr wohl nie ausgegangen war, denn sie liebte Süßes über alles. Später verbrachte ich auch mal eine Woche Ferien bei ihr, obwohl ihre Kost einiges zu wünschen übrig ließ; aber es war ihre innere Ruhe, die sie ausstrahlte, und die ich an ihr schätzte. Des Weiteren genoss ich es in vollen Zügen, ganz allein von ihr umsorgt zu werden. Fast auffällig hatte sie nie an dem wachsenden Konsum teilgenommen und hielt auch bis zu ihrem Tod an ihrer spärlichen Lebensart fest.

Die Autoindustrie als Symbol des Wirtschaftswunders

Die Autoindustrie kam langsam auf Touren. Der Volkswagen, genannt Käfer, stand für ein Symbol des Wirtschaftswunders. I953 wollten alle ihn haben, aber sein Preis von DM 5300 war nicht für jeden erschwinglich, und doch war der VW für viele Fahranfänger das erste Auto. Zwei Jahre später kam dann der VW-Karmann Ghia auf den Markt, den man anfangs als Sekretärinnen Flitzer bezeichnete, der aber ein Verkaufsschlager wurde. Ab Herbst 1957 war auch die Cabrio Version für DM 8250 zu haben. Gebaut wurde der Schönling noch bis 1974. Die Anschaffung eines Autos blieb für die meisten Leute jedoch unbezahlbar, denn dafür war der Geldbeutel nicht prall genug gefüllt.

Die Mehrheit schien schon glücklich zu sein, wenn sie nach dem Motto leben konnte: Wer viel arbeitet, darf auch kräftig feiern. Mit etwas Alkohol und der passenden Musik kam schnell die richtige Stimmung auf – ein Prosit auf die Gemütlichkeit! Wer keinen Partykeller hatte, feierte einfach im heimischen Wohnzimmer. Besaß einer sogar einen Bungalow mit Garten, der lud zum schicken Sommerfest ein. Bei strahlendem Sonnenschein schmeckte das Gläschen Bowle noch mal so gut. Schnittchen und Häppchen durften auf keiner Party fehlen; genau wie der leckere Käseigel. Dafür stand die fleißige Hausfrau gern lange in der Küche. Bei Hits von Katharina Valente, wie: „Ganz Paris träumt von der Liebe", schwang jeder das Tanzbein. Die Musik dazu kam vom Plattenteller, und die Schallplatten bestanden aus Vinyl. Der absolute Höhepunkt eines Festes war meistens die „Polonäse Blankenese".Sobald die erklang und durch den Raum oder Saal zog, war das der totale Clou. Dann sang man zum Ende noch oft und gerne das Lied: „So ein Tag, so wunderschön wie heute", und in aller Munde sprach man von einem gelungenen Fest. Bei solchen Gelegenheiten lernte ich zum Beispiel das Tanzen und war mächtig stolz, wenn die Erwachsenen mich dazu aufgefordert hatten. Der Besuch einer Tanzschule war wiederum vornehmlich ein Privileg der besser gestellten Gesellschaft. Verstärkt wurde die Art der Bewegung bei Musik bereits früher schon von den Mädchen bevorzugt. Da sich bis heute daran keineswegs etwas geändert hat, muss es wohl offenbar in der Sache der Natur liegen. Mit welchen Dingen die Jungen sich vorwiegend beschäftigten, zeigt eindeutig folgende Geschichte: Anlässlich einer Silvesterfeier bei uns zu Hause wurde die feucht fröhliche Runde jäh unterbrochen durch eine fatale Nachricht: „Kurt liegt unten auf der Straße und braucht dringend Hilfe". Alle, die noch einigermaßen nüchtern waren, liefen nach draußen, um sich davon zu überzeugen und zu helfen. Ohne lang zu überlegen, packten einige gleich schonungslos zu und schleppten ihn die endlos scheinende Treppe hoch in die Wohnung. Während die Träger noch auffällig nach Luft rangen, lief die Ursachenforschung bereits auf Hochtouren. Unvorstellbar war jedoch für alle, dass Bruder Kurt zuviel Alkohol getrunken hatte und dadurch vergiftet sein konnte. Bevor dann die vernichtenden Aussagen zu spektakulär wurden, schlug er die Augen einfach wieder auf und beendete damit seinen bravourösen Auftritt. Die Kritik ließ folglich nicht lange auf sich warten. Die einen fanden seine Vorstellung eher verständnislos, die anderen dagegen prächtig, weil keiner der Erwachsenen die Eskapade durchschaut hatte.

Es war unschwer zu erkennen, dass es zwischen Mädchen und Jungen noch diverse andere Interessensunterschiede gab. Das wusste auch Vater und führte mich im Alter von fünfzehn Jahren in die Welt des Kinos ein. Auf dem Programm stand ein echter Klassiker, von dem Traumpaar Rudolf Prack und Sonja Ziemann gespielt, der hieß: Grün ist die Heide. Ein fröhlicher Heimatfilm in intakter Natur, mit viel Liebe und Gefühl, einem Happy End für die Seele, also eine richtige Schnulze. Man sehnte sich eben immer wieder gerne nach einer heilen Welt. Für die Jungen durchweg bedeutete das nur langweilige Gefühlsduselei, und das war ihnen nicht spannend genug. Deshalb bevorzugte Bruder Kurt später auch viel lieber die legendären Tarzanfilme, nach denen er sich selbst wie der Held des Tschungels fühlte. Damit begann für ihn der Einstieg in die Kinowelt mit einem starken Angebot, und er wurde für viele Jahre zum echten Kinogänger – im Gegensatz zu mir.

Für mich war es als Halbwüchsige in Begleitung eines Jungen erst wieder richtig interessant geworden, denn da kam es nicht alleine auf den Film an. Bis es jedoch soweit war, darf ich auf keinen Fall die Anfänge der Poussierzeit vergessen. Die Annäherung des anderen Geschlechtes konnten Cousine Christel und ich bei unserem gemeinsamen Cousin Erich – genannt Erlein – ausprobieren. Er war etwas älter als wir, sah unheimlich gut aus, und ließ sich gerne von uns umgarnen. Gelegenheiten dazu ergaben sich meistens bei gegenseitigen Besuchen, oder wenn er bei uns zu Hause mehrere Ferientage verbrachte. Wir beiden Mädchen freuten uns jedes Mal riesig über ein Zusammensein mit ihm. Dann buhlten wir gleichermaßen um seine Aufmerksamkeit, überschütteten ihn mit den tollsten Komplimenten, bemühten uns intensiv solange um Erwiderung, bis er uns endlich mal in den Arm genommen hatte. Wenn er dann noch mit uns in den Park oder in die Stadt ging, genossen wir das mit ziemlich geschwollener Brust und fühlten uns auch zu dritt prächtig wie nie zuvor. Wir waren beide echt bis über die Ohren in ihn verknallt. Die Variante als Pärchen hätte mir dabei wesentlich besser gefallen sowie den Beiden bestimmt auch. Zugegeben, Cousine Christel hatte wohl mehr Chancen bei Erlein, weil ihre offene Art in der Regel überall positiven Anklang fand. Verständnisvoll konnte ich nur deshalb damit umgehen, da wir ja beide an einem Strang zogen in Sachen fundamentaler Flirterei. Wer allerdings zuviel desgleichen tat, den stempelte man sofort als Poussierstengel ab. So sichtbar sollte es bei uns nun wirklich nicht werden, aber wir mussten kritisch aufpassen, dass unsere Fantasien nicht mit uns durchgingen. Zeitweilig hatten wir uns schon konkret die verrücktesten Illusionen ausgemalt. Bevor die platonische Liebelei aber verhängnisvoll werden konnte, kamen wir zu dem Aspekt, dass man seinen Cousin sowieso nicht heiraten darf.

Mit den gesammelten Erfahrungen ausgestattet, suchten wir uns bald einen größeren Wirkungskreis mit Jungen, und wo tummeln sich mehr davon als auf dem Fußballplatz? Schnell hatten wir mit der Mannschaft Freundschaft geschlossen und zählten bald zu den treuen Fans. Fast jeden Sonntag, hauptsächlich bei den Heimspielen, standen wir auf dem Feld und drückten unseren Jungen die Daumen. Anschließend gingen wir dann alle in das Vereinslokal, um den Sieg zu feiern, oder auch den Frust für ein verlorenes Spiel herunter zu spülen. Dazu reichte man einen mit Bier gefüllten Stiefel von einem zum anderen weiter. Derjenige, der den letzten Schluck getrunken hatte, durfte gleich einen neuen bestellen. Wir Mädchen brauchten aber nie etwas zu bezahlen, denn wir hatten ja nur daran genippt, und außerdem zeigten die Spieler sich auch gerne als Kavaliere. Die Diskussionen zwischendurch verliefen meistens sehr qualifiziert mit dem angemessenen Respekt vor dem Gegner, also ausgezeichnet fair. Manchmal herrschte aber auch eine revolutionäre Stimmung, sodass man annehmen konnte, es würde jeden Moment ein Pulverfass explodieren. Der Trainer jedoch beschwichtigte immer wieder und brachte die Hitzköpfe zur Ordnung zurück. Das Einzige, das ich je zu kritisieren hatte, waren die komplizierten Spielregeln. Die hatte ich nie ganz verstanden und hätten für mich vereinfacht werden müssen. Großartig fand ich dagegen die Musikbox im kleinen Saal der Kneipe, die bei Geldeinwurf das ausgewählte Lied abspielte. Wenn dann noch daraus unser Lieblingsschlager erklang, war das garantiert ein gelungener Tag. Eine andere Abwechslung in der Kneipe bot das Spiel mit den Würfeln und dem Knobelbecher. Bei einer Knobelrunde hätte man leicht versacken können, denn wer gewonnen hatte, konnte schlecht aussteigen, weil der Verlierer nach einem ungeschriebenen Gesetz das Recht auf Revanche hatte.

Langsam wuchs bei den Jungen mehr und mehr das Interesse an Einzelbeziehungen zu einem Mädchen. So versuchte ein lieber, netter Junge auch mit mir anzubändeln, von dem ich nicht so sehr begeistert war. Er befand sich bereits in der Lehre, holte mich einst von der Schule ab an seinem freien Tag, und trug mir die Schultasche nach Hause. Das blieb keineswegs geheim vor den Eltern, aber es wurde geduldet und stillschweigend hingenommen. Vielleicht schien es ihnen ja ganz natürlich zu sein, dass ein Mädchen kurz vor ihrem Schulabschluss einen Freund oder Verehrer haben durfte. Zu mehr ließ man sich in der Öffentlichkeit, obendrein noch am helllichten Tag, ohnehin nicht hinreißen. Da Berührungen jeglicher Art zwischen Liebespärchen grundsätzlich nicht statthaft waren, fand man dennoch hin und wieder die Gelegenheit dazu. Vorzüglich geeignet für ein Rendezvous zu zweit war deshalb der Winter, weil es bereits früh dunkelte. An so einem Tag brachte mein Freund mich nach gemeinsamen rasanten Schlittenfahrten nach Hause; obwohl wir uns vorher nicht verabredet hatten. Als wir uns gerade an der Hauswand näherkamen, miteinander schmusten, uns beiderseits in Liebesdingen übten, und er mich liebkoste mit „mein Täubchen", kam Mutter um die Ecke geschossen. Die Kindheit ging auch bei mir in die Pubertät über. Wir hatten uns geküsst – nicht so richtig – aber es war aufregend. Wütend packte sie den Jungen am

Kragen und fauchte ihn mit den Worten an: „Ich werde dir helfen, von wegen Täubchen, mach dich sofort nach Hause". An mich gerichtet lautete die Ansage kurz und knapp: „Du gehst rein". Unterwegs schubste sie mich vorwärts, ohne dabei weitere Worte zu verlieren, oder trat mich in den Hintern bis hinauf zur Wohnung. Schuld bewusst legte ich mich direkt ins Bett, um zunächst allen unangenehmen Vorhaltungen aus dem Weg zu gehen; aber ich wusste auch, dass aufgeschoben nicht aufgehoben bedeutete. Wohl wissend stand also irgendeine Strafe außer Frage – es geschah aber nichts dergleichen. Zumindest aber hatte ich eine ungeliebte Standpauke erwartet; die blieb glücklicherweise auch aus. Sollte das etwa schon alles gewesen sein? Außerdem hatte ich mir die Vision vom ersten Zusammensein zu zweit eigentlich so nicht vorgestellt. Es begann immerhin anregend romantisch, endete jedoch leider viel zu abrupt nach meinem Befinden. Deshalb lautete fortan meine Devise: „Was nicht ist, kann ja noch werden". Somit war der Zwischenfall zwar straffrei ausgegangen, doch endete er mit einem ziemlich peinlichen Beigeschmack. Die Fußballbegeisterung flachte eh allmählich ab, und die angehenden Fußballbräute zogen sich nach und nach zurück. Eine wesentliche Rolle dabei spielten die Endphase der Schulzeit und der bevorstehende Berufsbeginn.

Nach der Schule

Start in das Berufsleben

Der war jetzt vorrangig und für die Eltern galt die Devise: Raus in die Arbeitswelt, um sein eigenes Geld zu verdienen, einen kleinen Beitrag zur Haushaltslage beisteuern zu können. Die Abgabe bezeichnete man allgemein als Kostgeld und wurde gleichzeitig als Erziehungsmaßnahme befürwortet. Irgendeine Tätigkeit würde sich schon finden, ohne dass sie dabei den eigenen Willen oder das Können des Kindes berücksichtigten. Eine Lehrstelle zu bekommen, dazu noch in seinem Wunschberuf, bedeutete bereits großes Glück. Für die Jungen beschränkte sich die Wahl lediglich auf zwei Branchen, denn im Ruhrgebiet beherrschten nur Stahlwerke und Zechen den Markt. Deshalb war es auch zur Tradition geworden, dass die meisten Söhne beruflich den gleichen Weg gingen wie die Väter und Großväter. Da unser Vater selbst nichts von der Arbeit unter Tage hielt, mutete er die Maloche auch nicht meinen Brüdern zu. Bruder Kurt spekulierte leider immer vergebens auf eine Lehrstelle als Radio- und Fernsehmechaniker. Nur ungern ergriff er daraufhin den Beruf als Maschinenschlosser in einer kleineren Firma vor Ort. Sobald er aber die Lehre beendet hatte, bildete er sich auf dem zweiten Bildungsweg weiter aus zum Ingenieur im Maschinenbau. Jahre später, als dann mehr Sparten zur Verfügung standen, war Bruder Winfried sehr glücklich darüber, dass er eine Lehre als Buchdrucker antreten konnte. Ich wollte gerne mein Hobby zum Beruf machen und bewarb mich bei C & A als Schneiderin. Als zweites Standbein schickte ich gleichzeitig eine Bewerbung an die Firma Krupp wegen einer Bürostelle. Nach einer sehr umfangreichen und schwierigen Prüfung erhielt ich hier leider eine Absage. Die Lehre als Schneiderin, mit Aufstiegsmöglichkeiten als Meisterin, wurde mir aber zugesichert. Als jedoch unser Lehrer bzw. Rektor davon erfuhr, zeigte er sich einigermaßen empört darüber. Seiner Meinung nach hätte ich mit meinen Fähigkeiten und einem so guten Abschlusszeugnis etwas Besseres verdient. Kurzerhand ließ er seine Beziehungen spielen und besorgte mir eine Lehrstelle bei der Stadtsparkasse Essen. Normalerweise wurden hier nur Schulabgänger mit höherem Abschluss angenommen, sodass ich ohne die Fürsprache nie eine Chance gehabt hätte. Selbstverständlich trat ich die Lehre mit viel Freude an, zweifelte aber manchmal an der Entscheidung. Die Schneiderin wollte mir einfach nicht aus dem Kopf, und deshalb baute ich die Näherei nebenher weiter aus. Zu meiner Befriedigung besuchte ich deshalb nach Feierabend Näh- und Zuschneidekurse bei der Gemeinde oder Volkshochschule. Meine erworbenen Nähkünste reichten schließlich so weit, dass ich mir meine komplette Garderobe selbst nähen konnte. Um in der Berufschule annähernd gute Noten in Stenographie und Schreibmaschine zu erreichen, belegte ich auch hier private Kurse zur allgemeinen Verbesserung.

Konfirmationsfeier geplatzt

Vor dem Berufsstart fand aber erst einmal - im Mai 1955 – die Konfirmation statt. Mein ganz persönliches erstes großes Fest, zu dem alle Verwandten von nah und fern eingeladen waren. Es kamen viele Gäste, und es schien ein ungetrübtes Vergnügen zu werden; obwohl Vater, angeblich wegen einer fiebrigen Grippe, nicht mit in die Kirche gehen konnte. Als wir dann nach Hause gekommen waren, hatte sich Vaters Gesundheitszustand derart verschlechtert, dass wir einen Arzt um Hilfe rufen mussten, der eine doppelte Lungenentzündung diagnostizierte. Da lag Vater nun, schweißgebadet, bekam kaum noch Luft, alle Blicke waren auf ihn gerichtet, und ich stand plötzlich nicht mehr im Mittelpunkt. Der Tisch war vorher bereits schön gedeckt worden, das Essen mühsam angerichtet, als Vater dringend ins Krankenhaus musste. Selbstverständlich folgte anschließend eine heiße Diskussion über Vaters Krankheit, die ja zur damaligen Zeit nicht zu unterschätzen war. Das Festessen mit den anwesenden Gästen war unter den gegebenen Umständen auch ausgefallen, denn niemand hatte noch Appetit auf irgendetwas. Später dann, bevor die Gäste wieder nach Hause gingen, konnten sie sich wenigstens noch an einer reich gedeckten Kaffeetafel bedienen. Beim abendlichen Konfirmandentreffen in der Kirche hatte ich dann besonders Vater in mein Gebet eingeschlossen. Meine Bitte wurde schließlich erhört, und Vater war nach einigen Wochen der Genesung fast schon bald wieder der Alte. Allerdings musste er die Einschränkung akzeptieren, die

Arbeit in der Gießerei an den Nagel zu hängen. Das war also der Zeitpunkt für einen Arbeitswechsel und die Umschulung in einen anderen Beruf, von dem ich anfangs bereits berichtete.

Nylon- und Perlonstrümpfe

Ansonsten aber war gerade das Jahr, ein gutes Jahr, in dem so viel geschah. Von uns Frauen wurden die Nylon- oder Perlonstrümpfe sehr begrüßt, weil sie durchsichtig waren und erstmals den Blick auf die Beine richtig freigaben. Noch praktischer ließen sich danach die Strumpfhosen tragen, auf die wir aber noch etwas länger warten mussten. Dann fielen die Wollstrümpfe und die Leibchen mit den Gummibändern endlich weg - die sogenannten Strapse, die ja heute noch von gewissen Frauen getragen werden. Sie wecken damit bei einigen Personen immerhin einen gewollten Reiz aus, was bei uns absolut nicht der Fall war. Übrigens wurden die kratzigen Strümpfe aus Wolle von Mädchen und Jungen gleichermaßen getragen und oft genug verflucht. Sie juckten meist so heftig, dass sie nicht nur unsere Haut, sondern auch unsere Nerven reizte. Wohl dem, der diesbezüglich nicht empfindlich war und ein dickes Fell besaß; ansonsten konnte man sich die Plage nur durch konsequente Ablenkung erleichtern. Mit dem ersten Anzug zur Konfirmation war für die Jungen der Einstieg in die lange Hose gekommen – im wahrsten Sinne des Wortes. Vorher trugen sie an kalten Wintertagen ebenfalls nur lange Strümpfe mit einer kurzen Hose darüber. Der Weiblichkeit blieb das Beinkleid noch lange vorenthalten, weil sich das nicht schickte für eine Frau. Für mich kamen die hauchdünnen Strümpfe, die hinten sogar eine Naht zierten, rechtzeitig zur Konfirmation. Das Material war aber so empfindlich, dass man sie nur mit Handschuhen anzog, um sie vor Ziehfäden oder gar Laufmaschen zu schützen. Die Reparaturen konnten nämlich zur kostspieligen Angelegenheit werden. Dazu musste man die Strümpfe in eigens dafür eingerichtete, winzig kleine Stübchen bringen, die wie Pilze aus der Erde schossen. Das Geschäft lohnte sich für beide Seiten, denn neue Strümpfe kosteten ein kleines Vermögen. Genauso wie die erste Tiefkühlkost, die auf den Markt kam. Für Einige ein Segen, von den meisten aber eher kritisch betrachtet, weil sie die Sachen doch ohne Gefrierschrank nicht bevorraten konnten.

Kriegsgefangene und erneute Armee

1955 ging es auch um die fast zehntausend Kriegsgefangenen, deren Freilassung Bundeskanzler Dr. Konrad Adenauer bei seinem ersten Moskau – Besuch im Herbst in harten Verhandlungen erkämpft hatte. Da kamen die Männer der verlorenen Generation eines verlorenen Krieges über das Aufnahmelager Friedland nach Hause, wo sich alles total verändert hatte: Das Wirtschaftswunder war in vollem Gange; die Ruinen waren weitgehend verschwunden; eine begeisternde Aufbruchstimmung herrschte im Land. Wie würden sie den Verwandten und Bekannten gegenüberstehen – erlöst sein von den Qualen der Ungewissheit, ob man sich noch einmal wiedersehen würde. Es gibt eben Ereignisse, wie hier das wunderbare Erlebnis der wieder gewonnenen Freiheit von Gefangenen, für die es eigentlich keiner Worte bedarf. Man hörte im Volk auch nur banale Worte, und doch berührten sie uns mehr als die hohlen Phrasen von Freiheit und Gerechtigkeit der Politiker. So geschehen auch in unserer unmittelbaren Nachbarschaft: Der Mann der Nachbarin kehrte nach Hause zurück und musste erfahren, dass seine Frau wieder verheiratet war. Ihr konnte man das nicht einmal übelnehmen, denn sie hatte ganz offiziell eine Todesurkunde ihres Ehemannes erhalten. Nun stand sie plötzlich da mit zwei Männern, entschied sich schweren Herzens aber für den zweiten Gatten, weil sie mit ihm bereits auch Nachwuchs hatte. Was nun aus dem bedauernswerten Exmann geworden war, kann ich nicht mehr genau nachvollziehen. So ein Schicksal war aber keineswegs ein Einzelfall, sondern das passierte unzählige Male. Deshalb spricht man heute nicht umsonst von den Schicksalsjahren oder der verlorenen Generation.

Bereits ein Jahr später, im Jahre 1956, wurde die erste Armee gegründet, die jetzige Bundeswehr. 1958 absolvierte der bekannte Filmschauspieler und Sänger Elvis Presly seinen Wehrdienst im hessischen Deutschland. Die Begeisterung für den „King of Rock and Roll" kannte keine Grenzen. Alle rockten nach seiner Musik und waren gerührt von seinen Schmuseliedern. Durch seinen rühmlichen Erfolg war er mit Recht zu einer großartigen Legende aufgestiegen. Ein Jahrhundertsänger, der an seinem Ruhm zerbrach, und mit zweiundvierzig Jahren dafür mit dem Leben bezahlte. Gleichzeitig mit ihm kamen noch vierhunderttausend italienische Gastarbeiter nach Deutschland zur Unterstützung unserer Arbeitskräfte und damit der Wirtschaft. Sie wurden vorläufig alle in Baracken untergebracht, denn ihr Aufenthalt galt erst einmal nur für drei Monate. Wenn wir Kinder ihnen begegneten, riefen wir ihnen wegen ihrer Unterkunft immer hinterher: „Tricko, Tracko in Baracko." Sie hatten auch jegliche Art von Arbeit angenommen, doch mit der Maloche unter Tage konnten sie sich nicht wirklich anfreunden. Viele waren nach der Frist auch gerne wieder in ihre Heimat zurückgegangen, aber die meisten blieben dann doch länger hier. Einige hatten sogar für immer in Deutschland ihre zweite Heimat gefunden. Tante Änne brauchte zwar keine neue Heimat, sondern suchte verstärkt nach einer größeren Wohnung mit ihren beiden Kindern bei der noch immer angespannten Wohnungslage. Mit ungeheuer viel Glück konnten sie bald eine Wohnung bei uns in der Kolonie beziehen, denn das war beileibe kein leichtes Spiel. Vereinzelt gab es auch schon Leute, die sich den Traum vom eigenen Häuschen verwirklichen wollten. Das war gewiss ein waghalsiges Unterfangen, denn von denen wurde behauptet, dass sie sich nur noch Marmelade aufs Brot streichen könnten.

Immerhin zählten wir zu den Ersten, die sich einen Urlaub leisten konnten. Da Vater bei der Bahn beschäftigt war, und uns keine Fahrtkosten entstanden waren, konnte von dem Geld bereits die Unterkunft bezahlt werden. So durfte ich meinen ersten Urlaub mit meinen Eltern allein verbringen, - ohne meine beiden Brüder, die derweil von Oma versorgt wurden. Sie mussten nämlich noch die Schulbank drücken, während ich bereits mit der Schule abgeschlossen hatte und in die großen Ferien ging, bevor ich mit dem Beruf startete. Unser Reiseziel war Raubling am Inn in Bayern: Ein kleiner verschlafener Ort mit hübschen Häusern und einer idyllischen Landschaft. In einem Einfamilienhaus hatten wir bei sehr netten Eigentümern ein Zimmer angemietet mit Frühstück. Zum Mittagessen fuhren wir fast jeden Tag in die nächstgrößere Stadt nach Rosenheim. Hier gab es im Bahnhof eine Kantine, in der die Angehörigen der Bahn günstig essen konnten. Von Anfang an zog die Gegend mich in ihren Bann, obwohl die Berge noch relativ weit weg waren. Allein der Anblick löste in mir eine massive Begeisterung aus, die mich zum intensiven Wiederholungstäter werden ließ. Die Gegend ist einfach fantastisch mit ihren grünen Almen, den bunten Blumenwiesen und den schmucken Holzhäusern mit der üppigen Blumenpracht. Das war genau der volle Kontrast zu dem, was wir von unserem Zuhause kannten. Es sah alles total ordentlich und aufgeräumt aus; eben wie in einer heilen Welt – man fühlte sich in eine andere Zeit versetzt. In diesen Ferien zeigte Vater sich äußerst spendabel uns Frauen gegenüber. Wir durften uns nämlich ein maßgeschneidertes Dirndl aussuchen, das ich so lange getragen hatte, bis ich nach vielen Jahren nicht mehr hineinpasste. Die Schürze binde ich mir heute noch beim Kochen um – nach fünfundfünfzig Jahren, also eine super Qualität. Auf alle Fälle weckte dieser Urlaub nicht nur in mir, sondern allmählich auch bei immer mehr Menschen die große Reiselust. Unaufhaltsam nahm eine große Reisewelle ihren Lauf, denn Geld und Zeit standen wieder vermehrt zur Verfügung. Für die Ruhrgebietler stand im Winter das Sauerland hoch im Kurs, und im Sommer war Italien das Traumziel. Im Winter 1958 besuchte Vater als Lebensretter einen ehemaligen Kriegskameraden, der im bayrischen Wald einen großen Bauernhof besaß. Bruder Kurt und ich durften mit in den Wintersportort Lam am Großen Arber. Wir waren überwältigt von der weißen Schneepracht, den vielen Tieren im Stall und auf dem Hof; und vor allen Dingen von der guten Bewirtung.

Mit dem VW-Käfer nach Spanien

Mittlerweile hatte Tante Gisela ihren Hermann geheiratet, und sie konnten sich sogar einen VW-Käfer anschaffen. Mit dem fuhren wir dann einst in den Badeort Lloret de Mar an die spanische Küste. In Frankreich legten wir einen Zwischenstop ein und übernachteten zum ersten Mal in einem Hotel, in dem ich aus Unwissenheit das Bidet zum Füßewaschen benutzte. Neu und gewöhnungsbedürftig für uns war auch das Essen mit sieben Gängen. Wir ließen es uns einfach gut gehen und lebten zumindest für einen Tag wie Gott in Frankreich. Im Urlaubsort angekommen, konnten Gisela und ich endlich unsere vorher erworbenen Spanischkenntnisse mehr oder weniger an den Mann bringen. Kleinere Missverständnisse bzw. Verwechslungen trugen obendrein zur Belustigung bei. So geschah es zum Beispiel bei einer Bestellung, dass Gisela das Wort für eine Flasche Wein mit dem eines Pferdes vertauschte. Damit konnte der Ober zwar nicht dienen, aber der Spaß war garantiert. Nach einem sonnenverwöhnten Urlaub mussten wir bei der Heimreise ungewollt eine längere Pause einlegen, da es hinten aus dem Motorraum heftig qualmte. Wir stiegen sofort aus, weil wir befürchteten, dass der Wagen in Flammen aufgehen könnte. Der Käfer brauchte lediglich eine Pause, die wir ihm gerne gegönnt hatten, nachdem er dann die Fahrt zügig wieder fortsetzen konnte. Ohne weitere Probleme brachte er uns nach der langen Fahrt letztendlich gut nach Hause.

Obwohl die Distanz zwischen Cousine Christel und unserem Zuhause doch geringer geworden war, ging der persönliche Kontakt allmählich immer mehr zurück. Hauptsächlich lag es daran, dass sie eine neue Bekanntschaft gemacht hatte mit einem um etliche Jahre älteren Mann. Der sah zwar sehr gut aus, aber das eigentliche Zugpferd waren mit Sicherheit die motorisierten PS in Form eines Karman Ghias. Damit konnte man schon reichlich Eindruck schinden und Aufmerksamkeit auf sich ziehen. Cousine Christel hatte das auch in vollen Zügen genossen und mich oft ein wenig neidisch werden lassen. Irgendwie schien mir die Beziehung aber nicht stimmig zu sein und war auf Dauer tatsächlich nicht von Bestand. Inzwischen hatte ich mir längst einen neuen Bekanntenkreis aufgebaut, denn man spielt ja nicht gerne das dritte Rad am Wagen. Gelegenheiten zum Kennenlernen boten sich zur Genüge an – ob in der Sparkasse, der Berufsschule, bei Abendkursen oder sonst wo.

Gisela und Hermann hatten auch immer wieder zu meinem Freizeitvergnügen beigetragen. Einmal luden sie mich ein zu einer Karnevalssitzung vom Taubenzüchterverein. Ohne Begleitung eines Erwachsenen wäre mir der Eintritt ohnehin verwehrt worden; selbst mit „Aufpasser" galt es, bestimmte Zeiten einzuhalten, weil ich noch nicht volljährig war. Diese Regeln waren streng zu befolgen, denn es wurden regelmäßig Kontrollen der Polizei durchgeführt, die sogenannten Razzien. Mir konnte also nichts passieren und bereitete mich auf den großen Abend vor. Nun kam mein selbst genähtes, weinrotes Samtkleid zum ersten Mal zum Einsatz mit den passenden Stöckelschuhen dazu. Die Haare gut frisiert, und auch ein wenig geschminkt, fand ich mein Aussehen einfach supertoll. Der bunt geschmückte Saal war so riesengroß, dass man sich von den vielen Leuten darin gar keinen Überblick verschaffen konnte. Die Musik heizte profihaft die Stimmung an und sorgte für ordentlich Remmi Demmi, bis das Bühnenprogramm begann. Da saß dann im Hintergrund an einem langen Tisch der Elferrat, und vor ihnen auf der Bühne moderierte der Zeremonienmeister das Programm. Bei einem Spiel wurde auch das Publikum mit einbezogen, zu dem er vereinzelt Leute aus der Menge aussuchte. Unter anderen Mitspielern führte er auch mich mit großem Trara auf die Bühne. Mir war ganz und gar nicht geheuer dabei; aber es gab kein zurück mehr. Oben standen jetzt etwa zehn Leute verschiedenen Alters in Reih und Glied, und ich bildete den Schluss. Jeder musste nun mehrere Aufgaben zu den vorgegebenen Themen so gut wie möglich ausführen. Bei mir drehte sich zum Beispiel alles um das Schwein. Die Imitationen des Quiekens und Grunzens waren mir dabei noch souverän gelungen; aber als wir dann auch noch ein Karnevalslied singen sollten, bekam ich ein wenig weiche Knie. Für die Schlussbewertung mussten sich alle spontan einen jeweils anderen Schlager einfallen lassen. Im Grunde sollte das keine großen Schwierigkeiten bereiten. Nachdem aber die bekanntesten Lieder bereits gesungen waren, wurde es für mich als Letzte doch ziemlich eng, und ich wäre am liebsten im Boden versunken. Plötzlich, wie vom Himmel gefallen, stimmte ich das Lied an: „Ich sehe Sterne, und keiner von den Sternen ist so schön wie du". Der Hit war eingeschlagen wie eine Bombe, das Publikum sang begeistert mit, und mir schien die Stimme zu versagen, die leicht zu zittern begann. Da stand ich zum ersten Mal vor vielen Leuten auf einer Bühne, die Bretter, die die Welt bedeuten, und hatte prompt Lampenfieber. Warum ich dennoch zur Siegerin gekürt wurde, konnte ich mir nur mit dem Text des Schlagers erklären, der genau meinen Gefühlszustand widerspiegelte. Ich hatte zwar noch keine Sterne gesehen, aber es hätte durchaus passieren können. Jedenfalls entwickelte ich mich zum Star des Abends, und alle wollten gerne mit mir tanzen. Ich war so begehrt, dass gleich mehrere tanzfreudige Herren an unserem Tisch standen. Gisela und Hermann hatten bei dem Trubel oft Mühe, mich nicht aus den Augen zu verlieren, und waren dadurch selbst zu kurz gekommen mit ihrer Tanzerei. Mir bereitete es mehr und mehr Freude, ich schwebte im siebten Himmel und zeigte keinerlei Ermüdungserscheinungen. Auch nach vielen durchtanzten Stunden konnte ich nur ungern ein Ende finden, obwohl ich doch voll und ganz auf meine Kosten gekommen war. Der Abend fand also sehr viel Anklang bei mir und sollte vorübergehend meine Tanzlust erst einmal befriedigt haben. Am anderen Tag stand sogar noch ein großer Artikel im Steeler Tageblatt, auf den ich dann von vielen Bekannten angesprochen wurde.

Bei den Angestellten in der Sparkasse ging der Bericht ebenso wie ein Lauffeuer umher, denn mein Dienstantritt begann in der Zweigstelle in Steele, die ich mühelos zu Fuß erreichen konnte. Später wechselten die Arbeitsstätten immer mal wieder in weiter entfernte Filialen, sodass ich mich öffentlicher Verkehrsmittel bediente. Im Dienst musste noch eine gewisse Kleiderordnung eingehalten werden, und darum galt das Tragen von langen Hosen für Frauen als absolutes Tabu. Privat war das bequeme Kleidungsstück längst zum Renner geworden und nicht mehr wegzudenken aus der Modewelt. Zum Glück konnten die starren Regeln auf Dauer nirgendwo mehr beibehalten werden, und die Hosen hatten ihren Siegeszug bald überall durchgesetzt. Zum Tanzen allerdings bevorzugte man doch noch lieber den Rock oder das Kleid, weil die Stöckelschuhe dazu die Beine viel besser zur Geltung brachten. Vor allen Dingen aber mussten die Röcke so weit wie möglich sein, damit der Peticot darunter ausreichend Platz fand. Natürlich gab man sich als junges Mädchen gerne modebewusst und putzte sich immer fein heraus zum Ausgehen. Aus irgendeinem Anlass, mir schwebt da Silvester durch den Kopf, kam es mal wieder dazu. Meine Eltern mit Gisela und Hermann nahmen mich und Cousine Christel mit auf den großen Ball, der im Haus Ruhreck stattfand. Das Lokal war uns bereits bestens als Tanzcafe im Freien bekannt, denn fast jeden Sonntag schauten wir von außerhalb als Zaungäste den Paaren beim Tanzen zu. Nun hatten wir endlich die Gelegenheit, auch noch die Innenräume kennen zu lernen. Der Abend an sich verlief eher gehemmt durch die Anwesenheit der Eltern, denn die jungen Männer hatten sich nicht so richtig getraut. Darum hatte sich Vater dann öfter zum Tanzen bereit erklärt; zumal er ebenso sehr gerne tanzte. Damit hatte er uns die Türe aufgestoßen, und von dem Zeitpunkt an, gab es für uns kein Halten mehr. Cousine Christel und ich blieben am Sonntag beim Tanztee jetzt nicht bloß Zuschauer, sondern nahmen unseren ganzen Mut zusammen und mischten uns unters Volk.

Tanzvergnügen

Hier lernte ich dann auch meine langjährige Freundin Helga kennen, mit der ich mich bestens verstand; während Cousine Christel sich bald darauf zurückgezogen hatte. Mit Helga zählte ich im Haus Ruhreck, und später dann auch beim „Pferdemetzger", längst zu den Stammgästen. Nicht des Umsatzes wegen, sondern vielmehr durch unser regelmäßiges Erscheinen. Viel konnte der Wirt nicht an uns verdienen, denn wir hielten uns den ganzen Abend an einem Getränk fest. Schließlich musste das Taschengeld für Mittwoch, Samstag und Sonntag reichen. Das wurde sogar anstandslos toleriert von den Eltern, doch um zweiundzwanzig Uhr war „Zapfenstreich". Helga gehörte schon fast zur Familie, und so durften wir auch gemeinsam mit Gisela und Hermann in den Urlaub fahren. Dieses Mal ging es mit dem Auto in die Berge nach Tannheim, und es wurden wunderschöne Ferien. Mein eigentliches Traumziel als Kind war aber schon immer Hawaii, weil es für mich den Anschein hatte, als ob die Menschen dort völlig sorglos, blumengeschmückt tanzend, in den Tag hineinlebten. Heute weiß ich, dass es auch nur eine schöne Kulisse ist und bin froh über das unerreichte Ziel, denn so bleibt mir wenigstens noch mein Traum vom himmlischen Paradies.

Fast ertrunken

Leider hatte ich das nächste Ereignis nicht geträumt; es war bittere Realität. An einem heißen Sommertag traf ich mich mit Helga zum Baden in den Ruhrwiesen. Helga ging zum Schwimmen ins Wasser, und ich nur zum Abkühlen, da ich noch nicht schwimmen konnte. Dabei wurden wir wohl von Jungen beobachtet und bald darauf von ihnen attackiert. Vermutlich sollte die anfängliche Balgerei nur ein Annäherungsversuch sein, doch die Jungen ließen selbst dann nicht von mir ab, als ich bereits schwer nach Luft rang. Immer wieder tauchten sie mich unter Wasser und bemerkten nicht, dass ich gar nicht schwimmen konnte. Helga hatte sie mehrmals darauf hingewiesen, aber sie schienen anscheinend nur ihren Spaß im Sinn gehabt zu haben. Erst durch das Eingreifen von Erwachsenen wurde ich aus der schrecklichen Situation befreit. Es war wirklich allerhöchste Zeit, denn von allen Kräften verlassen, fiel ich in Ohnmacht. Zuvor nahm ich noch ein wundersames Gefühl der Erlösung wahr. Wie Helga mir später berichtete, wurde ich von Feuerwehrleuten reanimiert, bei dem mir das Wasser aus allen Löchern heraus gespritzt wäre. Gott sei Dank hatte die Rettungsaktion ein gutes Ende genommen, denn ich weilte wieder unter den Lebenden. Wenn ich die Männer der Feuerwehr und deren Wagen nicht selbst noch zum Schluss gesehen hätte, wären Helgas Worte für mich garantiert unglaubwürdig gewesen. Außerdem gab mir einer der Retter doch den guten Rat, mich ein wenig auszuruhen, bevor es nach Hause ginge. Dorthin wollten wir auf keinen Fall sofort und blieben auch so lange wie sonst. Mir stieg noch lange danach der üble Geschmack vom Wasser immer wieder durch Mund und Nase. Erzählt hatte ich den Eltern von alledem nichts, denn ich fürchtete noch Schelte obendrein zu bekommen, weil wir eventuell die Jungen provoziert haben könnten. Deshalb hatte ich mich niemand anvertraut und mein Glück im Unglück allein verdaut. Wesentlich schlimmer aber war die Erkenntnis, dass ich durch so einen jugendlichen Leichtsinn beinahe mein Leben verloren hätte. Die Angst vor Wasser ist aber ist bis heute geblieben und wird mich auch ewig begleiten; aber dennoch hatte ich Glück. Aus jedem Ereignis im Leben kann man eine Lehre für das Glücklichsein ziehen. Oder mit anderen Worten formuliert: Wenn man Unglück erlebt hat, gewinnt das Glück seinen wahren Geschmack; eine unbeschreibliche Süße.

Das Glück drückte sich bei Helga und mir eben weiterhin im Tanzvergnügen aus. Im Laufe der Zeit entwickelte sich mit den Musikern sowie den wiederkehrenden Tanzpartnern, eine regelrechte Freundschaft – man kannte sich. Für Abwechslung und Spannung sorgten stets die Neulinge, die von uns erst kritisch unter die Lupe genommen wurden. Sie mussten nicht unbedingt schön sein - Hauptsache war - sie konnten gut tanzen. Ansonsten ignorierten wir sie einfach und gaben ihnen auch mal einen Korb. Das war keineswegs die feine Art, aber ungeheuer wirksam. Eines Abends tauchte in unserem Tanzlokal ein echter Italiener auf, gut aussehend, gut tanzend, also eine tolle Attraktion. Abwechselnd tanzte er mal mit mir und mal mit Helga, und das wiederholte sich jedes Mal aufs Neue. Einmal brachte er mich nach Hause, ein anderes Mal war Helga an der Reihe, und keiner von uns hatte etwas dagegen einzuwenden, am allerwenigsten wohl der italienische Gastarbeiter. Zwischen Helga und mir gab es diesbezüglich auch nie Eifersüchteleien oder gar Streit unter Rivalinnen, im Gegenteil, wir tauschten alle gemachten Erfahrungen bzw. Liebkosungen mit ihm unter uns aus. Nachdem wieder mal ein Tanzabend wie gewohnt geendet hatte, brachte er mich an diesem Sonntag nach Hause. Unterwegs passierte das Übliche, denn mehr ließ man sowieso nicht zu aus Angst vor möglichen Folgen. Die gut gemeinten Ratschläge von meinen Eltern wurden so oft gepredigt, dass sie sich längst in Fleisch und Blut manifestiert hatten bei mir. Ihre wichtigste Botschaft lautete stets: „Lass dir bloß kein Kind andrehen, dann ist deine schöne Jugend vorbei. Dir soll es doch nicht so ergehen wie uns". Für diesen Spruch waren sie kompetent genug, denn tatsächlich hatten sie es am eigenen Leibe erfahren müssen und sprachen deshalb aus Erfahrung.

Nun muss ich aber unbedingt den besagten Abend wieder aufgreifen mit dem „Itaker", wie man die Italiener volkstümlich bezeichnete. Wie gesagt, alles spielte sich wie sonst ab, auch der beklemmende Zeitdruck war wie immer dabei. Nur dieses Mal setzte ich mich, trotz meines schlechten Gewissens, einfach über alles hinweg. Als ich etwa eine Stunde später in die Wohnung trat, stand Vater bereits in der Türe zum Schlafzimmer und empfing mich gleich mit den drei folgenden Fragen: „Wo warst du, wo kommst du jetzt her, mit wem warst du"? Genau der Reihe nach beantwortete ich die Fragen: „Ich war tanzen, habe dabei die Zeit vergessen, und ein Italiener hat mich nach Hause gebracht". Wie ein reuiger Sünder kam ich mir in dem Moment vor und wartete auf das, was noch kommen würde. Vater sagte nur noch kurz und knapp: „Da reden wir morgen drüber, Gute Nacht"! Einmal hatte ich jetzt über die Stränge geschlagen und im gleichen Augenblick auch schon wieder bereut. Nach Cousine Christels Prinzip: „Senge vergeht, Arsch besteht", konnte und wollte ich nicht handeln. Sie hatte doch leicht reden, denn zu Hause wartete ja kein strenger Vater auf sie. Mir wäre es jedenfalls lieber gewesen, wenn ich die Strafmaßnahme sofort erfahren hätte. So hätte ich mich, während einer sowieso unruhigen Nacht, schon seelisch und moralisch auf irgendetwas einstellen können.

Am nächsten Morgen wurde mir dann klar, warum Vater anders reagierte als sonst. Ein Blick in den Spiegel ließ mich selbst erschrecken, denn mit Entsetzen hatte ich zwei auffällige

Knutschflecken in meinem Gesicht festgestellt. Einen konnte ich noch geschickt verdecken, doch den anderen musste ich mit großem Schamgefühl der Öffentlichkeit präsentieren. Die suspekten Blicke und der Spott bei allen Mitarbeitern ließen auch nicht lange auf sich warten. Vor allem amüsierten sich die männlichen Kollegen köstlich mit solchen Kommentaren wie: „Das war wohl noch ein Anfänger gestern". Oder: „Der war aber sichtlich zu stürmisch". Die spöttischen Bemerkungen hatte ich relativ gut überstanden, doch die Abrechnung mit Vater lag mir noch schwer im Magen. Ich konnte mir nicht vorstellen, was da möglicherweise auf mich zukommen würde. Bis zum Abend baute sich deshalb eine kuriose Spannung auf. Gerade hatte Vater seinen Teller leer gegessen, begann er auch endlich mit seiner Strafmaßnahme. Ich sollte ihn dahin führen, wo der Italiener seine Bleibe hatte, weil er den guten Mann zur Rede stellen wollte. O Gott, war das eine peinliche Angelegenheit; zumal ich nur ungefähr wusste, wo der arme Kerl wohnen konnte. Wir gingen also gemeinsam in die Steeler Altstadt und fragten nach einem gewissen Italiener, wo wir ihn vermuteten. Vater agierte sozusagen als Fahnder in meinem speziellen Fall. Nach mehreren erfolglosen Befragungen trafen wir endlich auf eine Frau, welche einen Italiener beherbergte, auf den meine Beschreibung passte. Im Geiste sah ich Vater bereits in Aktion, da klangen die Worte der Vermieterin wie schöne Musik in meinen Ohren. Sie teilte uns nämlich mit, dass der von uns gesuchte Herr leider nicht anwesend sei. Erleichtert fiel mir ein Stein vom Herzen, und ich wusste in dem Augenblick das Glück zu schätzen. Uns blieb nichts anderes übrig, als unverrichteter Dinge wieder nach Hause zu gehen. Damit war dann auch das bewegende Intermezzo sowie die Bekanntschaft zu dem Italiener strikt zu Ende.

Berufswechsel leicht gemacht

Im Beruf verlief alles nahezu reibungslos und bereitete mir zu jeder Zeit viel Freude. Eines Tages jedoch überredete mich eine ehemalige Kollegin zu einem Wechsel zur Deutschen Bank, bei der die Arbeitsbedingungen und auch das Gehalt angeblich besser sein sollten. Meine Kündigung wurde erst akzeptiert, nachdem ein Personalsachbearbeiter in der Hauptstelle ein eindringliches

Zwiegespräch mit mir geführt hatte. Er wollte sich zuvor noch vergewissern, ob ich mir den Schritt gut überlegt hätte, denn er würde mich ungern gehen lassen. Ich ließ mich nicht mehr umstimmen und begann bei meinem neuen Arbeitgeber auf Probezeit, von der ich schon bald Gebrauch machte. Der Job hatte mir keineswegs gefallen und ich wusste direkt, dass ich hier nicht alt werden würde. Ohne lang zu überlegen begab ich mich wieder in die Personalabteilung der Stadtsparkasse und bat schweren Herzens um eine Wiedereinstellung. Nach einer verblüffenden Pause gestand er, dass er so eine Situation bisher noch nicht erlebt hatte und darüber auf keinen Fall allein bestimmen könnte. Ich würde von ihm hören, das dann auch überraschend schnell im positiven Sinne geschah. Genauso erfreulich war für mich die Erfahrung, dass man durch einen eingestandenen Fehler das Blatt auch wieder zum Guten wenden kann. Man muss halt offen sein für das Glück, um nicht erst im Nachhinein zu erkennen, dass man glücklich war. Ich fühlte mich sogar überglücklich und stolz zugleich, über meinen eigenen Schatten gesprungen zu sein in so einer prekären Phase.

Computer und Roboter

Ende der Fünfziger traf die Einführung des Computers bzw. Roboters den Puls der Zeit. Anfangs sprach man mehr von Robotern, weil man noch keine Vorstellungen davon hatte. Sie sollten die Menschen einmal entlasten oder gar ersetzen - vielleicht auch überflüssig werden lassen? Darüber mag sich am besten jeder seine eigenen Gedanken machen. Tatsache aber war, und ist teilweise heute noch, dass hier erstmals die Alten von den Jungen etwas lernen konnten.

Neue Ufer

Strafversetzt und Liebe auf den ersten Blick

Die Tanzerei stand bei Freundin Helga und mir weiterhin regelmäßig im Vordergrund, und doch sollte das Jahr 1960 für mich zukunftsweisend werden. Nicht, weil der amerikanische Präsident Kennedy gerade Deutschland einen Besuch abstattete, sondern wir hatten völlig unverhofft neue Bekanntschaft gemacht. Wo das geschah, brauche ich wohl nicht näher zu erläutern; aber wie es dazu kam, war wesentlich interessanter. Da saßen eines Abends, im fast noch leeren Saal, zwei junge Herren in schmucker Uniform. Eigentlich zählten wir immer zu den ersten Gästen, da wir ja auch zuerst wieder aufbrechen mussten. Die Soldaten waren nach Essen – Kray strafversetzt worden und landeten bei ihrem ersten Ausgang glücklicherweise in unserem Lokal. Der eine entpuppte sich als eifriger Tänzer, während der andere überhaupt nicht tanzte. Das hatte ich sehr bedauert, denn ausgerechnet der gefiel mir von Anfang an besser. Seine Schüchternheit, sein treuer Blick, der sich immer wieder mit meinem traf, hatten es mir angetan. Das war auf beiden Seiten die sprichwörtliche Liebe auf den ersten Blick. Leider wusste ich nicht, wie ich mit ihm in Kontakt treten konnte. Da kam mir genau zur rechten Zeit die angesagte Damenwahl zu Hilfe. Diese Chance musste ich unbedingt nutzen. Ich nahm meinen ganzen Mut zusammen in der Hoffnung, keinen Korb zu erhalten und forderte ihn auf zum Tanz. Seit dem war das Eis gebrochen, und wir tanzten noch viele Male an diesem Abend zusammen. Anfangs verabredeten wir uns alle noch gemeinsam, doch ab und zu gingen wir pärchenweise auch eigene Wege, bis der Wehrdienst dann zu Ende war. Helgas Beziehung löste sich gleich auf wegen der zu großen Distanz, die für unser Zusammenbleiben kein Hindernis bedeuten sollte, denn mein Freund Manfred wohnte in Köln. Allerdings trafen wir uns abwechselnd nur alle vier Wochen in der ersten Zeit, weil die Fahrtkosten und der Aufwand noch erheblich waren. Als wir uns dann schon besser kannten, und auch unsere Eltern voll dahinter standen, verkürzte sich die Warterei manchmal auf vierzehn Tage. Zwischenzeitlich hielten wir unsere Beziehungen mit herzerwärmenden sehnsuchtsvollen

Liebesbriefen aufrecht, denn andere Möglichkeiten, um in Verbindung zu treten, standen uns leider noch nicht zur Verfügung.

In meiner Freizeit besuchte ich weiterhin unser Tanzlokal mit Freundin Helga, die ganz nebenbei noch nach einem geeigneten Partner Ausschau hielt. Einmal hatten wir uns auch an Karneval verkleidet und waren kostümiert zum Tanzen gegangen, obwohl wir dafür keine große Begeisterung zeigten. Ich erschien in einem echten Kostüm als Ungarin, das Mutter sich von einer Bekannten ausgeliehen hatte. Meine eigenen roten Stiefel machten es dann erst komplett; aber in dem kurzen Röckchen fühlte ich mich nicht so recht wohl. Da bevorzugte ich doch eher die ganz gewöhnlichen Tanzabende - besonders dann, wenn die Musiker speziell für mich jedes Mal das Lied spielten und sangen: „Ein Schiff wird kommen, und das bringt mir den einen, den ich so lieb wie keinen usw.". Wenn Manfred mit anwesend war, gab es den Song allein für uns beide. Es war allgemein ein romantisches Liebeslied; aber für unsere Situation konnte es nicht passender gewesen sein. Aus dem Grunde war es zu unserer eigenen Hymne geworden und ist es bis heute geblieben. Je enger unsere Beziehung wurde, desto mehr hatte Helga sich zurückgezogen, und eines Tages hatten wir uns völlig aus den Augen verloren. Zwischenzeitlich hatte Manfred unsere Beziehung aufgrund der Entfernung auch mal infrage gestellt, doch sein Vater ließ diesbezüglich überhaupt keine Diskussion aufkommen. Er machte ihm dies mit folgenden Worten verständlich: „Das ist ein anständiges Mädchen - und dabei bleibst du". Manfred und ich hatten uns bereits ein Jahr nach dem Kennenlernen die Ehe versprochen und feierten im Oktober 1961 unsere Verlobung, nachdem wir beide volljährig geworden waren.

Der Mauerbau

Außerdem begann man in Berlin mit dem Mauerbau. Westberlin wurde total abgeriegelt für zwanzig Jahre, das bei den Bürgern ohnmächtige Wut auslöste und auf der anderen Seite Genugtuung. Uns hatte die absurde Nachricht damals gar nicht so sehr berührt, das sprach wohl für unsere Verliebtheit. Mit meiner Volljährigkeit endete auch gleichzeitig meine Kindheit, die eine harte, aber doch glückliche Zeit war und mit keiner Anderen vergleichbar ist. Das war halt unsere Zeit, und früher oder später ist man, was man tut, was man erinnert. Die Kindheitserinnerungen bestimmen unsere Persönlichkeit, und die Macht der Erinnerung ist eine faszinierende Entdeckung. All die Erinnerungen kann mir keiner nehmen und die Gedanken auch nicht abblocken. Das Erlebte befindet sich im sicheren Land der Vergangenheit – wie in einem Schweizer Tresor. Niemand kann sie mir stehlen, denn sie sind unauslöschlich gespeichert in meinem Gedächtnis. Wenn ich mir die Ereignisse wieder in Erinnerung rufe, lassen sie mich immer noch fassungslos werden.

Worte zum Schluss

Werte der Gesellschaft

Trotz aller Entbehrungen gab es viele andere Tugenden und Eigenschaften wie: Dankbarkeit, Zufriedenheit, Zusammenhalt, Menschlichkeit, Fleiß, Geborgenheit, Hoffnung, Pflichtbewusstsein, Zuverlässigkeit, Einfühlungsvermögen usw. Dabei darf auf keinen Fall die Solidarität vergessen werden, denn nur gemeinsam waren sie der Kitt, der alles zusammenhielt. Ich möchte fast sagen, dass es ohne die großartigen Werte, der Gesellschaft nicht gelungen wäre, den Wiederaufbau so zügig voranzutreiben, denn der fand ja bereits nach wenigen Jahren statt. Heute bin ich froh und glücklich mit dabei gewesen zu sein und eine Kleinigkeit dazu beitragen konnte. Wir alle sind zu jeder Zeit Kinder des Universums und sollten uns dessen Glück bewusst sein. Was bedeutet denn überhaupt Glück? Das ist die Frage aller Fragen seit Menschengedenken. Das Glück hält so viele Varianten bereit, dass es jeder auf seine Weise erkennen, festhalten und genießen muss. Zu meinen Geschichten passend möchte ich hier nur zwei Sprüche zum Besten geben: „Der Schlüssel zum Glück besteht darin, dass man sich mit dem zufriedengibt, was man hat, und vergisst, was man gerne hätte". Oder: „Glück ist der bestvolle Genuss, den man auskostet, um die Freuden der Kindheit wiederzufinden". Das Glück gibt es also überall; man muss eben nur suchen, um es zu finden.

Fazit

Dennoch ist mein Fazit mit drei Worten ausgedrückt: nie wieder Krieg! Der bringt nur Zerstörung, Schrecken, Not und Elend und ist vollkommen sinnlos. Dazu fallen mir spontan die wunderbaren Zeilen aus einem bekannten Weihnachtslied ein, in dem es heißt: „Und ein einziger Wunsch stellt sich ein, möcht's auf Erden Frieden immer sein". Abschließend berufe ich mich aber auch noch auf den Titel meines Buches, der da lautet:

Es war einmal - kein Märchen

„Erzählungen eines Kriegskindes aus dem Ruhrgebiet"

Impressum

1. Auflage Juli 2011

© 2011 Ingrid Kappelan

Herstellung und Verlag: Books on Demand GmbH, Norderstedt

ISBN: 9 783842 353497